多元宇宙

马桶人与监控人

亦落芩 著

中国友谊出版公司

图书在版编目（CIP）数据

多元宇宙：马桶人与监控人 / 亦落芩著. -- 北京：中国友谊出版公司，2025. 1. -- ISBN 978-7-5057-6027-1

Ⅰ. Ⅰ247.7

中国国家版本馆CIP数据核字第2024DM2710号

书名	多元宇宙：马桶人与监控人
作者	亦落芩
出版	中国友谊出版公司
发行	中国友谊出版公司
经销	新华书店
印刷	三河市中晟雅豪印务有限公司
规格	880毫米×1230毫米　32开
	7.75印张　146千字
版次	2025年1月第1版
印次	2025年1月第1次印刷
书号	ISBN 978-7-5057-6027-1
定价	48.00元
地址	北京市朝阳区西坝河南里17号楼
邮编	100028
电话	（010）64678009

如发现图书质量问题，可联系调换。质量投诉电话：010-82069336

目录

马桶人与监控人

一、逃离地堡

迟帅知道，这是一场必输的豪赌。

巨大的火焰从天而降，激光束在空中交织成一片火海，金属碎片犹如千万把利刃，齐齐朝迟帅的脸上飞来。

他下意识地抬起胳膊挡住头部，跌跌撞撞往后退去。

"嘭"的一声，碎片如小石子般四散弹开。迟帅安然无恙，因为他处在固若金汤的地堡之中，眼前的一切惶恐都被特制的地堡玻璃天窗阻隔在外。

"我们……真的要出去吗？"迟帅心有余悸的声音回荡在地堡混浊的空气里，仿佛是墙面上斑驳脱落的锈斑，令人心生困扰。

"当然，这是我们最好的机会！"李峰蹲在地上整理着两人的背包，对地堡外如火如荼的厮杀景象毫不关心，他喃喃自语，"只要过了今天，就能离开地堡！"

100 年前，人类遭到外星生物的毁灭性打击，人口损失将近九成，幸存者转入暴风科技公司为"明日计划"储备的各处地堡栖居。在不见天日的地下，科学家依靠地堡人工智能中枢系统，研发战斗机器人替代人类外出抗敌。一个世纪过去了，地面上的威胁未减半分，地堡内的生活却越来越糟。疾病、饥饿以及绝望渐渐蔓延，人们的平均寿命降至 50 岁。而更令人窒息的是，地堡内的监控无处不在。

在名为 W 基地的地堡中，面对资源匮乏、人人自危的混乱现状，为防止在封闭环境里再次发生暴力事件，中枢在产出战斗机器人，用以迎战地面敌人的同时，也监控着地堡内的每一个人。

一具具手持武器的钢铁之躯，顶着嵌满摄像头的半球形金属脑袋，无差别地巡视着地面或地下。但凡有反抗者，都会被投入大牢。迟帅从未见过从大牢中出来的人。平日不允许探视，囚犯们一旦进入牢门，就像人间蒸发一般，从地堡彻底消失。

在很多人看来，这些美其名曰监护着人类的机器，更像是地堡严酷的看守。因此，它们也被称作"监控人"。

李峰是一刻都不想待在地堡了，他已上了监控人的严格看管名单，一周内就会被转运到大牢。是的，现在这个时段，坐牢都得取号排队，可见不满监控人管制、奋起反抗的人有多少。

见迟帅犹豫不决，李峰索性把背包硬塞到他怀里，扬了扬下巴说道："秘密频道都说了，外面已经是太平盛世，外星生物早被打跑了，是地堡和监控人不让我们出去。"

"但是刚才……"

"别轻易上当，真相到底是啥，谁都不知道，毕竟我们身处地底，只能整天看他们编造的新闻。"李峰敲了敲天窗，"要我说，这几扇小窗也可能是假的，里面装的是屏显，让你看到的窗外场景不过是循环节目罢了，纯粹用来吓唬人。"

不，不是的，迟帅摸过钢化玻璃，碎片撞击时产生的炙热仍在。窗户外边是真实的战场，并不是什么循环播放的骇人视频。"峰哥，有没有一种可能，你收到的那个秘密频道是骗人的？外面真的挺危险的。你再考虑下，大牢听起来可怕，但毕竟有吃有喝，监控人总不能虐待人是不是？好死不如赖活着，你没必要特地从地堡跑出去的。"

迟帅好言相劝，李峰却不以为然。

"什么叫不是大事？大牢里 24 小时都被监控，日子没法过了。再说了，秘密频道骗人出地堡有什么好处？别废话，现在由不得你打退堂鼓！"

李峰用力推了一把迟帅，把他塞进狭小的通风口里。迟帅只好按照先前的计划，用随身携带的工具打开了通道的盖子。他是地堡的管道维护工，看着不太起眼，却知道地堡上上下下所有的通道，实乃逃跑的首选搭档。几天前，李峰在营养液配给站对他威逼利诱，这才把人拐到手，否则普通人根本到不了地堡天窗。

最终，两人灰头土脸地爬到监控人去往地面的升降台，迟帅用早已准备好的金属膜包裹两人的全身后蹲在角落。

不多时，一队监控人抵达。与地堡内日常监督人类的普通监控人不同，战斗用监控人装备了强大的等离子武器和重型装甲，沉重的四足踩踏在钢板上发出"咚、咚、咚"的巨响，就像敲击在李峰心脏上的重锤。现在要是被抓到，定是牢底坐穿。他那些反抗过监控人的朋友自从被抓，就没有一个回来过。

幸好，这些即将出征的钢铁战士没有发现他们的存在，升降机升至地面后，监控人编队，按照既定路线离去。

等待了片刻，两人从金属膜中钻出来。迎接他们的是从未拥有过的阳光和新鲜空气。作为出生在地堡的第四代人类，地堡之外的世界就像一个不可触摸的传说。

蔚蓝的天空太过明亮，迟帅不得不抬手遮眼，却遮不住满目的疮痍。在 W 基地的视频记录里，曾经车水马龙的街道荒废许久，两边的高楼大厦倒塌焦黑，成了一堆扭曲的钢筋混凝土废墟。断裂的梁柱仿佛向天空伸出的哀号之手。文明的痕迹被战火和时间摧毁殆尽，风吹过残垣，带起阵阵灰尘。足有一人多高的野草随风晃动着，仿佛它们才是地面的主人。

李峰踹飞了地上的石子，抬脚把地面裂缝里生长的野花踩烂了。迟帅看不过眼，蹲下把花花草草扶好，又拿出小盒子连根装了几株。

"瞧，外边多安静，我就说外星人早被打跑了。是地堡骗了咱们。明明一个鬼影都没……"

李峰话音未落，就听到近处传来一阵轰鸣。地面剧烈震动起来，迟帅赶紧拉着李峰躲到一辆只剩下框架的废弃汽车后面。

一个足有三米高的人形物体出现在视野之中，它全身覆盖着金属化表皮，在日光下呈现一种诡异的白瓷色。这东西弓着背，双手无力地下垂，以双足类人的模样走动，肩部以上没有脑袋，而是长了个类似海葵的东西。触须从海葵状物体的中间口盘似蛇的芯子四散开来，搜寻着猎物。

纯白外星生物首次出现时，因其外貌与表皮，被官方称为"Tactical Organic Intelligence Lethal Extraterrestrial Terror Machine Anemone Nomad"（战术有机情报致命外星限制性恐怖机器海葵类游荡者），简称 TOILETMAN（马桶人）。它的吼叫声类似马桶抽水的声响，死亡时会从海葵状头部吐出大量排泄物气味的褐色浓浆。这些特征以及极具嘲讽意味的简称，使其被形象地称为"马桶人"。

眼下在他们面前出现的 3 米高的马桶人，是外星入侵者中体格最小的一类。而在百年前，把人类逼退到地下的罪魁祸首们，足有一幢楼房那么高。众多巨人般的外星生物排山倒海般的攻势，让人类部队根本来不及反应，就被踩踏到了泥里。

迟帅全身的血液都凝固了，偏在这时，李峰推了推他，小声说道："我们数到三，一起冲出去。那个东西走得慢，肯定追不上来。"迟帅赶紧摇头，他知道马桶人看似行动迟缓，可那只是因为它处于怠速巡游状态，若马桶人发现移动目标，奔走速度绝对不止于此。

然而，李峰已经开始倒数：

"三、二、一，冲！"

没办法，迟帅只得硬着头皮冲了出去。随着空气细微的波动，马桶人的触须蠕动起来，从它腹部突然发出一道恐怖的抽水声。随即就如开关被打开了一般，莹白色的人形化身为恶魔，狂暴地向迟帅攫来。

脚步飞快，心跳如雷。迟帅只顾往前冲，每一步都像踏在薄冰上。马桶人的触须紧随其后，仿佛鬼魅般在空气中划过，发出"嗡嗡"声。迟帅能感觉到死亡的气息越来越近。突然，触须一击，砸在他刚刚跑过的地方，碎石四溅。

"峰……峰哥，我们得……"迟帅猛地回头，发现身后并没有人。

说好一起冲出去的李峰，一动不动窝在两人原先躲藏的掩体后。而狂奔出来的迟帅，则成了醒目的活靶子。李峰是故意的，他欺骗迟帅以换取自己的生机。见马桶人已锁定目标，李峰朝着反方向拔腿就跑。

与此同时，马桶人高高跃起，踩踏到迟帅前方的报废汽车顶部，拦住了他的去路。那海葵般蠕动的触手朝迟帅袭来，他迅速向旁边一滚，堪堪躲过，却不巧陷入了两辆车的夹缝中，动弹不得。

似乎是太久没有见到人了，马桶人弯下覆盖着洁白金属的腰，慢慢凑近。迟帅无处躲藏，眼看着那张口盘中间闪烁寒光的利齿带着恶臭逼近，就要将他吞没。

就在这千钧一发之际，一排子弹精准落在车顶。受到攻击的马桶人收回触须，瞬间发力弹跳至路面，但仍被追踪而来的激光束击中了腿部。白色的金属外壳毫发无损，马桶人的身体却有一瞬失去了平衡。

趁着这个间隙，四足监控人潮水一般从各个方向涌来，同时发射出缠绕电网将马桶人压制，企图限制它的行动。马桶人怒不可遏，触须从电网中伸展，如同钢鞭一般横扫千军，立刻击毁了不少致命的对手。剩余的数台监控人依靠同伴阵亡发出的火光掩护四散而去，各自占领有利地形。

监控人不及马桶人高大，没有外星生物的硬壳与触须，却有着人类几千年的战斗智慧。更重要的一点是，它们不怕死。

马桶人海葵般的头部高高仰起，触须再次四散开来。就在这时，一个监控人自倒塌楼房的高处急速坠下，以自爆的方式强行炸开马桶人的口盘，触须应激收缩回笼。电光石火之间，另一个监控人已跳跃至马桶人背后，在被甩开、砸碎前，硬生生用电刀在马桶人金属的表皮切开了一个口子。

这是一个信号，布置在周遭的数台重装监控人，迅速切换模式，四肢深扎入地面，抬起大口径炮管，聚焦，同时发射。

高能离子武器的热风割开了迟帅的皮肤，细小而深刻的伤口生出细细密密的痛楚。他近距离看到马桶人的身躯在爆炸中剧烈颤抖，褐色的浓浆四处飞溅。

监控人迅速后退，避之不及的迟帅被劈头盖脸喷了一身，却也因祸得福，躲过了收尾监控人对战场的扫描。他现在又臭又黏，就像马桶人被炸裂躯体的一部分，最可恶的是刚才太过紧张，他张大了嘴，被迫喝了一口排泄物味的褐色黏液。

迟帅跪倒在地上干呕起来，还没等他回过神来，另外两只五米来高的马桶人从高楼废墟的阴影后陡然出现。它们似乎很早就埋伏在那儿，只等着监控人战损，失去原有队形编制。

监控人小队蜂拥而上，激光束、脉冲炮不断击中马桶人的身体。夹在双方激战之间的迟帅左躲右闪，激光从他身旁擦过，炽热的能量燃烧着衣角。

马桶人在这波攻击下未受到太大伤害。只要它们白瓷的金属外壳不破开，任何武器的攻击都收效甚微。相反，两只马桶人一左一右，挥舞着手臂，口盘上的触须四散张扬，让持等离子电弧切割刀的监控人找不到奇袭的契机。

战斗陷入胶着状态。监控人团队作战的优势，在战损缺员的情况下荡然无存。两只丑陋的马桶人甚至没有发出抽水的叫声，便把监控人小队打得七零八落。

不过，监控人是不会撤退的，它们的指令只有战胜或战死！

一个伤痕累累的监控人再次全力跃起，亮出猩红的电刀，于触须的空隙中向下砍去。那粗壮的触手立刻把它掀飞出去，然而触手的一截瞬间也被砍下，重重砸落在迟帅面前，不断抽搐。

迟帅一惊，意识到自己必须马上离开。无论被哪一方波及，他都必死无疑。趁着监控人火炮攻击，迟帅转身就跑。

呼啸的战火在背后死死追赶，耳边充斥着金属爆裂的巨响，迟帅不敢回头，朝着来的方向，憋着一口气又跑了回去。迟帅才不相信什么神秘电台，在马桶人横行的地球，只有地堡才是安全的。即便它不是什么伊甸园，处处没有自由，可至少能提供庇护。

迟帅连滚带爬地扑到升降平台，一时间找不到任何缝隙可以让自己回到地堡。升降台此刻是锁定的状态。为防止敌人从平台进入地堡，闸门设计了多重安全措施，表面覆盖了一层高强度防爆材料，能够抵御强大的冲击和爆炸。升降平台的四周布满了自动化的防御系统，一旦检测到任何异常活动，周围的激光炮和电磁网会立刻启动。迟帅不敢逗留过久，除非现在另一队监控人增援部队上来，否则平台就不会对他开启。

这里进不去了，迟帅把心一横，赶紧朝另一侧跑去。火光照亮了他的侧脸，身边的泥土被炸得飞起。他必须跑过死亡的触手，跑过致命的子弹，每一步都像是踩在刀刃上。终于，迟帅气喘吁吁地跑到了一处隐蔽的隔离门外，疯狂敲击结实的门板。这看似是个绝望的举动，W 基地的隔离门足以抵挡核爆，在百年前关闭之后就从未开启。眼看着战火就要灼烧他的发梢，沉重的隔离门突然松动了一下，有人从里面打开了层层门闩！

迟帅便立刻蹿了进去，眼看着隔离门缓缓关闭，隔绝了炮火与厮杀，他终于松了口气，卸力靠在冰冷而潮湿的墙面上。

"咔嚓"一声，静寂中突兀的声音响起。

惊魂未定的迟帅猛地抬起头来，只见一个双腿直立的冰冷监控人，正用枪指着他的脑袋。迟帅一屁股坐到了地上，却听那机器发出"扑哧"的笑声。

"这就把你吓趴下了啊迟帅，也不想想刚才是谁给你开了门。"爽朗的女声从监控人脑门上的扬声器里传出。显然，它不是一个普通的地堡监控人，那些铁家伙只会发出"你已在监控范围内，一切违规行为将被追究法律责任"的循环机械音。

监控人玩似的将枪在手中转了一圈后收起，伸出机械手的两指捏着迟帅肩膀上的背包带子，轻易将他从地上拽起来，又从身后拿出喷枪，仔细洗净迟帅身上、脸上的黏液。一连串精细的动作，外加双足站立的方式，让这个监控人看起来更像是一个人。

"光零……你又吓唬我。"迟帅抱怨。

"不吓唬你吓唬谁？谁叫你总去地面，我还以为你和某人一样，有一天就不回来了呢。"监控人把喷枪放下，歪着脑袋看他。

"不，我不会的。"迟帅认真地说，"我不想离开地堡，也决不离开。"

几秒后，扬声器里传来清脆的笑声："好啦，开玩笑的，你看我多好啊，不但帮你把人送上去，还等在这儿接你。"的确，没有作为地堡兵工厂研究员的光零协助，迟帅既不能把人送去地面，自己也回不到地堡。

两人身后有了动静。迟帅听得出，那是相隔老远的自动履带声响。地面的威胁清除后，它从地面运回了监控人小队，或者说是它们的残骸。一个个威风凛凛的无畏战士，成为一堆不分你我的废铜烂铁，垃圾一般被缓缓倒入平台的小门里转运至兵工厂。而很快，它们就会被重新组装，再次投入战场。

这样的轮回，百年间每天都在上演。幸好监控人只是没有感情的机器，才能自愿成为地堡抵御外敌的消耗品，同时又被舍身保卫的地堡人类深深厌恶着。

趁着这波噪声，迟帅跟着那台发出光零声音的双足监控人，沿着通道往下走。100年前安装的阶梯已锈迹斑斑，双足监控人打开头上的探照灯照亮一路。"虽然说，你也没打算跑远，但那个人就这样把你丢下，迟帅，你就一点不介意吗？我看着可气呢。"光零在监控人传回的画面里目睹了一切，若不是小队正巧路过，迟帅早就被马桶人踩扁了。

迟帅却摇了摇头，说："没关系，毕竟只有峰哥这样的人才可能在地面活下来。我们帮人去危险的地面本就带着私心，不值得他们讲义气。只要……只要他们，最后能找到湛离就行了。"光零不说话了，只发出了一声长长的叹息，连带着那双足监控人都松肩驼背，模样显得有点颓废。

湛离是光零与迟帅合力送去地面的第一个人。他们三人从小一起长大，湛离是地堡主理人的儿子，性格也最为开朗活泼。按照三人行必有人落单的惯例，长大后的湛离和光零成了一对小情侣，作为两人共同朋友的迟帅，则成为他们爱情故事里尴尬的电灯泡。

然而，7 年前的一天，一切都改变了。W 基地的管理层被暴力推翻，湛离的父母——基地的主理人也惨遭杀害，本来只是辅助系统的人工智能中枢，一跃成为地堡的管理者。从那时候起，湛离就郁郁寡欢。他从领袖的儿子变成了孤儿，万丈光芒尽晦，跌落泥潭。光零爱莫能助，看在眼里，痛在心里。她每天与迟帅商量，怎样才能让湛离重新振作起来。

迟帅想到了一个办法。他很小的时候因母亲的过世闷闷不乐，当管道工的父亲就带他爬上地堡的顶层，隔着天窗玻璃去看外面的世界。当时，他第一次看到了真正的天空，广袤无垠的蓝色让他目瞪口呆，仿佛整个人都要被浩瀚苍穹吞没一般，就连伤心透顶的心情都消散了。他摸索着线路，真的就带湛离上去了。他们一起看到百年前的世界，那些被自然侵蚀的建筑物，在阳光下显得既孤独又壮丽。湛离果然如迟帅所料，露出了不一样的表情。

不过，湛离并不满足于透过玻璃窗看地面，从此之后他便起了离开地堡的决心。一开始湛离对光零说，自己只出去看一眼，可后来就为了这一眼他不工作也不睡觉，屡次与监控人发生冲突，差点被投入大牢。光零无计可施，只得和迟帅一起冒险送走了湛离。而他一走就是 7 年。就在两人以为再也见不到湛离的时候，他们突然在秘密频道又听到了他的声音。

频道里，湛离用激动的语气说着颠倒是非的话，企图让人们相信马桶人肆虐的地表一派祥和，是中枢和监控人的管制让他们失去了自由。迟帅与光零尝试过很多方式联络湛离都没有成功，只有每一天秘密电台里传出的声音证明他还活着。

另外，越来越多对监控人不满的地堡人听信了秘密频道游说，想要去地面。迟帅知道外面的危险，对他们多加劝阻，可惜劝阻不成，反倒成为那些人的出气对象，挨了不少拳头。这些人与湛离当时很像，魔怔一般，不惜与监控人发生冲突也要出去，一时间暴动四起，扰得地堡不得安宁。不少人被列为重点监护对象，排队领号等着被投入大牢。既然都已经要去吃牢饭了，他们便更肆无忌惮，好几次害得光零也被波及。

迟帅不能忍了，索性向光零提议送那些人离开。这样他们不但可以免去牢狱之灾，还有机会去追寻秘密频道的来源，说不定能找到湛离。当然，并不是什么人都能胜任这项任务。外面的世界危险重重，除了马桶人或许还有其他威胁，迟帅和光零不能白白让人丢了性命。

因此，与其说李峰在营养液配给站找到能帮他去地面的工具人，不如说，迟帅在配给站挑选能够在地面生活的潜力股。光零在去地面的每一个人身上都放了自主研发的跟踪器。可惜的是，那些人离开地堡后两三天，信号就消失了。

希望李峰这次能走得更远吧，迟帅默默地祈祷着。光零的双足监控人带着迟帅，走到了楼梯的底部。不过它从不好好走路，总是三步并作两步跳着跃下台阶，或索性从楼梯扶手上滑下去一段。看着重达一吨的监控人在面前像杂耍一般轻盈地上蹿下跳，迟帅越来越觉得它就像一个人，遥控它的光零就是这样一刻都停不下来。

监控人突然一个后空翻，停在一面墙跟前，说："到了。"

隐蔽的门自动打开，里面是一台小型升降机，直达兵工厂内部。走过漫长的通路，迟帅终于见到了光零本尊。她戴着现实增强眼镜，穿着一件紧身的远程感应衣，笑着朝他招手。那皮肤一般的连体衣将女孩的身材勾勒得曲线毕露，迟帅不好意思地挪开目光。

光零关掉通路的瞬间，迟帅身边的铁家伙立刻停止了工作，恢复四肢着地的姿态。

"如果控制距离能再长一点就好了。"光零伸着手指，皱起漂亮的眉眼，不无可惜地说。

遥感监控人是光零的新发明，不同于战斗形态的重装监控人以及管理地堡的普通监控人，遥感监控人没有自主AI（人工智能）芯片，灵巧而精细的动作源于人的遥控，目前的活动范围仅限于地堡。

"本来是可以申请一条流水线量产的，但中枢反馈近期产能不足，把我的设计驳回了。真不知道产能都被中枢投到哪里去了，最近的重装也在明显减产。"光零沮丧地说，"若是遥感监控人加入战斗，一定能提高现有重装监控人的机动性。重装们笨重又迟钝，总靠自爆和群殴，战损太大。基地再不生产新的设备，以后的局面恐怕更棘手。我看新的地面数据，最近马桶人出现多只合作的情况。"

就像刚才，3米高的马桶人被歼灭后，监控人立刻被两只5米高的马桶人伏击，损失惨重。这么一想，5米马桶人的行为简直和李峰没有什么两样，他们都先抛出了一个小诱饵，然后……

"不可能。"迟帅摇了摇头，"基地早期科学家断言，马桶人和海葵一样，没有脑袋，没有智能，也不会合作，它们的吞噬行为只是无意识的本能。"

"是哪个笨蛋这么说过？"冷不丁一个阴阳怪气的声音响起，

有个人从方才那扇隐蔽的门里进来。他穿着一件笔挺的科研白袍，里搭正统西装、马甲及衬衫，脚下的一双旧时代牛皮鞋锃亮发光。

在空气混浊、物资匮乏的地堡里，少有人穿得这么讲究，除了战斗机器兵工厂的首席科学家——傲慢与才华同样出名的汪博士。自从7年前，W基地的管理层倒台，中枢成为唯一最高权限后，能与中枢直接沟通的汪博士就像中枢的代理人，或者说W基地最高权力的发言人，比过去的主理人更加威风八面。

迟帅不知道汪博士的来意，只从对方湛蓝的眼珠里看到了鄙夷。光零镇定地迎上前去："爸！你怎么会来？"光零是汪博士唯一的女儿，因此才在兵工厂享有特权。

"我不能来吗？两个人鬼鬼祟祟的，别以为我不知道你们在干什么！"汪博士冷冷地瞥了一眼迟帅。

这下就连光零都开始担心她的父亲是否知道了什么。他们把人偷偷送去地面是严重的罪行，足以被投入大牢，何况送上去了整整一打。

两人紧张地瞪向博士，有了鱼死网破的决心，汪博士却高傲地说："我知道你们在做什么……你小子想和我女儿约会，还不够格。"

迟帅突然松了口气，光零则红了脸："爸，你胡说什么，我们只是朋友。"

"朋友还偷偷摸摸的，避开所有监控待在一起？我不信。"汪博士双手背在身后，再次用审视的目光上下打量迟帅，"小子，我看你根骨清奇，不如去动态跟踪组帮忙，做一个配得上光零的男人。"

动态跟踪组都是些年轻力壮的小伙子，以前健硕硬朗的湛离也归属这个部门。他们整日与监控人模拟作战，轻则拳脚相向，重则重炮对轰。中枢总以人类的思维方式培训钢铁战士，因为它认定打仗这种事还得是人类在行。

自诞生之日起，人类就不断内斗了5000年，从冷兵器到智能武器，每一代都在战火中积累经验与智慧。人类的历史可谓一部血与泪的战争史，现在这部史诗将由监控人续写了。

迟帅不想去教机器人打仗，他不善于此，最多在逃跑和躲避上有所建树，最拿手的是钻进地堡管道里，谁也看不到。迟帅不像湛离那样，是英勇善战的主理人之子，也不像光零那样聪慧过人，继承了首席科学家的脑子，他只是一个普普通通的管道工的儿子。

可不等迟帅拒绝，汪博士打了个响指，便有一个监控人将迟帅整个人如小鸡一般提起。

"爸，你干什么！"光零尖叫起来，奈何汪博士根本没有放开迟帅的打算。

迟帅料想今天是没办法再见到光零了，赶紧把藏在包里的盒子抛给她，大声说："光零，拿着！"

汪博士双手背在身后，将迟帅领到了兵工厂深处的车间。人工智能中枢彻底接管了 W 基地后，兵工厂就不断扩建，战斗机器人的生产线实行全封闭的机械流程管理，不需要也不允许人为操作。一个个冰冷的监控人在这里被组装好，从地堡的升降梯送往地面作战。

不过，就汪博士看来，监控人的机体再出色也始终不及人类。它们虽有智能，但缺乏人类所谓的直觉与创造性，无法在绝望的时候寻找希望，并以此为契机，突破常规，创造奇迹。100 年了，监控人无法击败半机械生命的马桶人。反倒是马桶人这几年不知为何，不断进化。

汪博士背对着迟帅，调出中枢界面喃喃自语："要是人类拥有监控人的完美躯体，怎能让马桶人猖狂百年。这场战争必须改变局面。"

"博士，能把我放下说话吗？"始终被监控人拎着后领的迟帅抗议着，他东张西望，偌大的空间里并没有看到任何动态跟踪组的队员，心中不免有些慌张，"您到底要我做什么？"

"你？"汪博士蓝色的眼睛眯起来，不怀好意地说，"是时候让我看看你的本事。"

迟帅挠了挠头："我哪有什么本事，博士，别开玩笑了。"

博士却说："只有你从我眼皮子底下溜去地面好几次，并且每次都活着回来。"

另一边，光零回到了自己的房间，打开迟帅送给她的盒子，脏兮兮的铁盒子里躺着几枝鲜亮的花，带着泥土和地面阳光的气息。这些是迟帅每次去地面的收获。就算在生死关头，他也总记得光零的花。花香扑面而来，女孩哼着小调，熟练地把花朵移植到窗台上的盆子里，和其他五颜六色的植物挨在一起。她欣喜地看着自己的花，仿佛在狭小的房间里拥有了一座花园。

与世隔绝的 W 基地地堡里容纳了 3 万人，空间被分为多个垂直层级，沿着中央的巨大竖井向下延伸达数千米。竖井内部是中枢的主机，中枢直接从地底获取地热能，以维持整个地堡的运作。顶层的兵工厂是占地面积最大的设施，而人们围绕在竖井周围的住所则十分狭小。

像光零这种等级的专业研究员住在距离工厂最近的区块，房间更是小得像是储物柜。一转身，她碰掉了书桌上的相框。玻璃碎了一地，相框里面发黄的照片掉落出来，那是湛离还在的时候，三个人一起拍的。高大的湛离站在中间，一手搂着光零，一手搭在他最好的兄弟迟帅的肩膀上，咧开嘴大笑着。光零捡起照片，心中涌出苦涩。

突然，地面猛地一抖。房间内响起了刺耳的警报声。光零来不及收拾地上的碎片，赶紧跑了出去。警报只在兵工厂内部遭到破坏时才会拉响。

还没奔到入口，她就看到本该行走在地面消灭马桶人的重装监控人，挥舞着电刀乱砍，激光武器宛若失控的火龙胡乱地发射，光束所过之处，墙壁和地面都被灼烧得焦黑一片。看门的普通监控人赶紧按下大门的控制键，企图将混乱的源头控制在厂区内部，而它也在瞬间被激光束切割成了两段。

"光零，快回去！"迟帅的声音从远处传来。可光零从来不听人指挥，一闪身便从落下的门缝里挤进了工厂。迟帅叹了口气，但他已经无暇顾及别人，身后的重装监控人疯了似的向他追来。

迟帅认得这家伙，刚才在地面，这个手持电刀的重装监控人英武地连砍了两只马桶人，机体受到重创。饶是伤痕累累、性能下降，重装监控人对于普通人来说，仍是恐怖的大杀器。

冰冷的机械眼瞳闪烁着红光，仿佛死神凝视。监控人的激光炮再次瞄准了迟帅。迟帅一个激灵，猛地一跃，身体贴着地面翻滚，躲过了致命的一击。不断有普通监控人赶来阻止失控的重装监控人，在双方的战火中，迟帅东躲西藏，手脚并用。就在他精疲力竭跑不起来的时候，一道身影掠过，直接把他扛起来，避开了重装监控人的袭击。

是光零的双足监控人！

"怎么回事？"光零的声音从监控人的脑袋上传来，"我爸呢？"

就在这时，普通监控人大部队终于赶到，它们没有强力的武器与盔甲，胜在数量。无数激光线束精准地击中了重装监控人的核心部位，用尽全力将重装监控人压制在地。

"别！"迟帅惊呼，但已经来不及了。强烈的光芒瞬间爆发，重装监控人的程序让它在判断无力反击之时自爆。熊熊的火焰瞬间吞噬了周遭的一切，连同战斗机器人的数条组装流水线一起化为灰烬。

迟帅和光零的监控人被爆炸产生的巨浪推出去，重重砸在紧闭的大门上。幸好大门已经封闭，这一切的混乱没有泄出去半分。

"迟帅，说话啊，我爸呢？为什么重装监控人要追杀你？"女孩急切的声音从监控人头部发出，而她本人也在火光的映衬下急急向迟帅跑来。

时间回到一小时前，汪博士指挥监控人将迟帅绑在椅子上，蓝色的眼睛眯起，阴冷地笑着说道："按照中枢制定的法令，离开地堡是罪，帮人离开地堡是罪孽深重。你小子倒好，进进出出来去自如？"

地堡是由中枢管理的封闭空间，监控人观察着所有人的一举一动，包括那些自以为能逃避监控的家伙。被识破的迟帅倒是坦荡，不卑不亢地反问："博士是要我做什么呢？如果只是把我抓起来投入大牢，不需要您亲自出马。"

汪博士挑眉，似乎对他的反应很是满意。

"说得不错，我有个惩罚，或者说是奖励，要授予你。"他打了个响指，周围的灯光亮起，照亮了宽敞的空间。一个高达10米的钢铁监控人立于迟帅的面前。

不同于以往的四足设计，这个监控人双足站立，具备与人类相似的外形，头部呈流线型设计，嵌有一对锐利的红色光学感应器，胸甲中央嵌着一个蓝色的能源核心，两臂各装备了高能激光炮，肩膀两侧安装了小型导弹发射器。它的右手握着一把巨大的等离子高频电刀，刀身闪烁着暗红的电弧，光芒锐利至极。别说马桶人的金属皮肤，哪怕是地堡的外壳都能被轻易切开。

迟帅望着这个庞然大物，心中既震撼又疑惑。如果它在100年前出现，马桶人绝对不会那么猖狂。原来中枢集中产量，降低重装监控人出产，是为了造这么一个大家伙。

汪博士双手叉腰，自豪地说："你看到的是中枢最新研发的指挥官型监控人。它结合了人类的灵活性和机器的力量，是目前最先进的战斗单体。"他顿了顿，略带嘲讽地看向迟帅，"而你，将成为它的控制者。"

"我？"迟帅震惊不已。

迟帅从小到大的一幕幕在中枢显示屏上一闪而过，他利用安全漏洞帮助别人离开地堡，一次次在马桶人的奇袭下侥幸逃生，以及在双方火炮轰击下，仍有余力摘花送给女孩……监控人时刻观察着地堡每个人的动态，并把所有数据传回中枢。中枢便跟踪每个人的行为，预判对地堡的威胁，也估量着每个人的价值。迟帅之所以几次三番挑战规则而没有受到惩罚，正是由于他特殊的价值。

"没错，中枢选中的就是你。"汪博士戴上白手套，取来手术用品，"现在我就把它奖励给你！"

迟帅顿感不妙，他松动着手腕佯装镇定："我能拒绝吗？博士，我不会驾驶机器，车都不会开。"

"无须操心。"汪博士弹了弹吸入某种不明液体的针管，靠近迟帅，"只要将意识与监控人融合，之后你的思想、你的感觉，都会直接作用于你的第二具身体。"

"那我原来的身体怎么办？"迟帅将手腕摩擦得更快，背后冷汗直冒，"而且为什么要给我打麻醉针啊？"

"那是因为……"汪博士咧开嘴，露出诡异的笑容，"脑袋被烧毁的时候，会疼。"

上传意识的过程中，由高能量脉冲仪传输神经数据，局部温度高达1000摄氏度。汪博士点了点平板，上面显示出前几组实验的结果。手术台上躺着穿着囚衣的犯人，他们的脑壳被掀起，里面已全部烧毁，只剩下焦黑的痕迹。

"这些人一心想离开地堡，哪怕换一种形式。他们是自愿加入实验的，可依然被恐惧支配。任何形式的抗拒都会影响意识上传的结果，只有完全心甘情愿，主动放弃原身才能成功。迟帅，我看好你。"

怪不得最近进大牢还得排队领号，等待期长达一周。敢情是这边烧掉一个，那边才能进来一个。若不是被监控人拿枪指着，迟帅就要跳起来了。

"不是，博士，您怎么看出我是心甘情愿的？"

"很简单。"汪博士凑到他耳边，一字一顿地慢慢说道，"如果你不愿意，下一个进行实验的就是光零。"

迟帅惊恐地看向汪博士，科学家玻璃珠般的蓝眼睛里没有一丝人类的感情，他简直比钢铁之心的监控人更加冷酷无情。

"博士，光零是你唯一的女儿！"

汪博士的脸上出现了稍纵即逝的茫然，他像是被什么突然叫醒，又疲惫不堪地闭上了眼。自负和傲慢重新爬满他扭曲的面容。他抽搐着嘴角，恶狠狠地说："我真羡慕你们这些年轻人，有机会成为机械生命体，拥有无尽的时间。明明把我的意识永久地留下，对人类才是最有意义的，明明我的脑子才是……"话说到一半，汪博士突然无力地垂下针管，握住自己不断发抖的左手，整个人僵硬地退到墙体边。

他的身体剧烈抽搐，头部猛然后仰，眼睛向上翻白，嘴里吐出白沫，顺着下巴滴落在地上，形成一摊黏稠的液体。

汪博士生病了。地堡人有一定概率在中年发生神经性病变。一开始只是交替性的神经紊乱，性格大变，出现癫痫的症状，然后浑身的神经连接逐一断裂，直到无法抬起哪怕一根手指。看来，饶是地堡最聪明的大脑也没有逃过病魔的纠缠。

汪博士的突然病发，令身边的监控人有了片刻的混乱，而迟帅就趁着这一机会，挣脱束缚暴起。

迟帅不给汪博士说话的机会，反手将针头扎进了汪博士的手背。随即他高高跃起，越过监控人的头顶向门口狂奔而去。迟帅太习惯逃跑了，身体自动自发，无论发生任何事他都能沉着冷静地跑路。

监控人立刻反应过来，一个个举枪向他射击。汪博士双手撑起自己缓了过来，尖声呵斥监控人不得伤害迟帅，中枢需要那颗健康的年轻脑袋。四足监控人不得不停，改用机械手臂擒拿。这给了迟帅足够喘息的时间，他一矮身，从流水线下灵活地钻了过去。

不过他跑得再快也不是监控人的对手，那些家伙迈着四条钢筋铁腿很快追赶上来。眼看要逃不掉了，就听到流水线上传来一记声响。

一个残破不堪的重装监控人摇摇晃晃从履带上爬起，举枪对着追逐迟帅的普通监控人一顿扫射。普通监控人立刻反击，可它们的火力和装甲远不及重装监控人厉害，只有被动挨打的份儿。重装监控人失控起来连自己的人也打。

同为人工智能的两类监控人打作了一团，一时间火光四溅，金属撞击声此起彼伏。它们打得激烈，甚至无暇顾及迟帅，让他大大方方从正门走了出去。不过，迟帅也没舒坦多久，失控的重装监控人很快扫荡完了同事，又朝他追来。

再然后，就是光零看到的场景了。

二、多元的真相

迟帅不敢对光零透露太多，怕她因汪博士的决定而伤心。湛离已经不见，若是她发现自己的父亲要伤害迟帅就太可怜了。迟帅犹豫再三说："汪博士没事，他刚才不太舒服，已经先回去了。光零……我们尽快离开地堡吧，一起去找湛离怎么样？"

"说什么呢。"光零以为迟帅被吓傻了，"都说了外面有马桶人不安全，怎么现在又说这种傻话。哎，我先去厂里看看。"

迟帅还想阻止，光零已经随着赶来的研究员们往厂房里走了。幸好，他们并没有找到汪博士，或是那个大得惊人，需要靠人类上传意识才能控制的双足监控人。

这么大一个家伙，能藏到哪儿去？

厂区的大火被扑灭后，生活似乎回归了平常。地堡内部的突然变故并没有影响到地下的居民，他们甚至不知道产出钢铁战士的工厂已部分停工。中枢封锁了消息，为的是不引起恐慌。它指挥着监控人，没日没夜地修复流水线，兵工厂始终灯火通明。

迟帅不放心，生怕光零再被汪博士逮去做什么意识上传的实验，徘徊在她的身边不肯离去。但事实上，汪博士并没有找任何人的麻烦，他病得严重，躺在医院里说不出话，更下不了床，只有那蓝色的眼珠依然神气活现地瞪着人。

地堡医院治不好这种脑神经疾病，只能拖延告别的时间。光零本该为此伤心不已，但兵工厂的情况更令她心事重重，生离死别的悲情愁绪被迫在眉睫的紧急事态冲淡了。

"爸，流水线的重建工作不顺利，根据现在的运营能力，中枢反馈需要 1080 个工时才能修复。"

也就是说，在这一个半月内地堡只有五成的抵抗力，马桶人若趁此刻大举进攻，人数减半的重装监控人很难应对。

只坐了一会儿，光零就被工厂叫了回去。在首席科学家病倒后，她成为替补，是唯一能与中枢对话的人类。

光零走后，迟帅不得不接手服侍她父亲的工作。不把任何人放在眼中的科学家，眼下只能靠迟帅帮他上厕所、擦拭身体了，他的傲慢让这一过程变得更加难熬。博士的嘴一张一合，似乎想要说什么，迟帅凑近了听，只能听到喉管里"咝咝"的响声。

"您说什么呢，是哪里不舒服？"汪博士瘫痪在床，什么都做不了了，迟帅对他没了敌意，只有同情，毕竟他管道工的父亲都没能活到得病的年纪。

不过，迟帅大意了，汪博士就算病了，依然是地堡最聪明的人。床边走过来一个监控人，铁皮家伙旋转半球形的监控脑袋，数枚红色的电子眼紧盯着迟帅。不知为何，迟帅总觉得它毫无感情的眼神像极了汪博士本人，然后他听到监控人用电子合成音说道："你必须心甘情愿，否则，下一个就是光零。"

迟帅惊恐地站起。瘫痪在床的博士眼中闪过一丝恶意的讥笑。迟帅终于明白了，生命所剩无几的汪博士并不打算放过他。他必须尽快离开地堡，带着光零一起。

然而，说服光零离开又是一件极其困难的事。

与一心离开地堡的李峰不同，光零并不讨厌地堡的生活和无处不在的监控。她总说人工智能是在学习，它们密切观察人类的行为，是为了理解人类看待世界的观点；不断将有犯罪倾向的人投入大牢，则是为了维护整个人类群体的安定。即便监控人有些地方做得过分了，也是因为作为老师的人类本身有了偏差，正所谓上梁不正下梁歪。如今兵工厂流水线半数停摆，汪博士病重卧床，光零又怎么会听劝，跟着他离开地堡呢。

迟帅思索着，等他回过神来，自己已走在去兵工厂的路上。

通道内光线昏沉暗淡，中枢重新分配了能源比例，产能全放在了兵工厂的重建上，生活区仅维持最低运行标准。照明设施供电不足，空气更加混浊，就连原本随处可见、惹人厌的监控人都消失不见了。迟帅知道，监控人是被召回工厂支援建设了。可光亮退去之后，黑暗就大张旗鼓地爬上墙面。

在没有监控人红色电子眼管制的灰暗之处，鬼鬼祟祟的人影涌动着。他们慢慢朝着广场中的一个落单监控人走去。

袭击发生在突然之间，监控人的光学感应器还未捕捉到信号，那群人就从阴影中冲了出来，其中一人手持铁棍，猛地敲向监控人的头部。监控人遭受重击，金属脑袋发出刺耳的撞击声，手中枪械落地。

"你们这些冷血机器，整天监视我们！"一名男子愤怒地吼道，紧接着一脚踹向监控人的胸部，强大的力道使监控人踉跄后退。监控人试图反击，但又被几根铁棍同时击中，机械臂无力地挥舞。

"等着把我抓进大牢是吧，看你还怎么抓！"另一人手持工作电锯，直接卸掉了监控人的手臂。它势单力薄，根本无法阻挡愤怒的人们。

"就是它们把我老公带走的，我老公再也没有回来！"另一个缺了小指的女人捡起了地上的手枪，对着监控人的核心砰砰连发数枪。

监控人的外壳裂开，内部的电线和线路暴露在外，围观人们一片叫好。女人因手枪的后坐力也跌倒在地上，但她表情兴奋而狰狞，趁人不注意偷偷藏了手枪。

"终于知道我们的厉害了！"几个青年扑上前，用乱石砸开监控人的脑袋，好半天才喘着粗气停手。看着已经彻底报废的监控人，人人脸上露出一丝报复后的快意。

迟帅没有作声，快速离开，这已经不是他目睹的第一起袭击监控人事件了。中枢近期算力不足，无暇对地堡里发生的小范围事件及时采取措施。于是封闭的地堡中，混乱与日俱增，恶意在暗处滋长，似曾相识的危机感席卷而来。

迟帅加快脚步，仿佛想甩掉背后紧追不放的可怕记忆。

7年前的暴动，一开始是一部分治安员反对，后来越来越多的人起义，站出来要求罢免地堡管理层。主理人夫妇因物资分配不均，被推出来谢罪。可谁都知道，那些事不是他们两个人能够决定的，整个管理层责无旁贷。可惜事情发展到那个阶段，人们已经失去了理智，似乎必须仇恨什么，推翻什么，改变什么，彻底消灭什么，才能让他们从苦难的生活中获得一点点宽慰。

最后，主理人夫妇在人们的欢呼喝彩中死去，地堡的辅佐系统中枢成了基地唯一的管理者。因为众人相信，机器是无情的，所以也无私，只有它能公平地对待每一个人。

可他们没有料到，中枢接管 W 基地之后的第一件事，就是在地堡的大街小巷布置了荷枪实弹的监控人，平等地监管每一个人。

而今，这一平衡也要被打破了。迟帅听到了一记枪响，他很难不去看发生了什么，黏稠的鲜血已经顺着肮脏的铁制地板流淌到了他的脚边。一切就像 7 年前一样，只不过倒在血泊中的不再是湛离的父母，而是一个陌生男子。

他的脑袋被子弹开了个洞，身上原本装满营养液的背包被一抢而空。这显然不是监控人干的，钢铁之躯不需要营养液，更不可能夺人性命。果然，一个女人闪了出来，正是刚才将监控人的枪械据为己有之人。见到迟帅，她似乎并不惊讶，缺了小指的右手扬了扬武器。

人是善于战斗的，无论何时何地。但迟帅是例外，他善于逃跑。迟帅不想惹麻烦，身子一晃走到了另外一条岔路。那里也有暴力的发生，人们互相抢夺有限的物资，黑暗中小孩子的哭喊声渐渐变弱了。

监控人管理下的地堡很糟糕，但没有监控人的地堡会变得更糟。如今已经没有主理人能够成为众矢之的了，人们仇恨的目标很快就会从监控人转移到中枢，以及唯一能与中枢对话的首席科学家替补——光零。

晚些时候，迟帅终于在兵工厂找到了光零，她这几天吃住都在工厂控制车间。拥挤的小空间里除了被褥，还有几盆正在凋零的花。地面上的鲜花很难在地堡盛开，过不了多久就失去活力，光零明知如此，依然会养着它们，直到枝干枯萎。

迟帅开门见山地说："我们必须离开地堡。"

光零奇怪地打量他："是遇到什么事了吗？"

迟帅抓了抓头发，已经想好了措辞："我们所在的 W 基地并不是唯一的人类地堡，附近还有和我们类似的避难所。我去地面好几次就是为了确定这个事……另外，我猜测湛离可能就在那儿。"他说的都是自己不确定的猜测，但管不了那么多了。

光零的眼睛果然亮了一下："你找到他了？"

湛离对光零来说是特殊的，7 年前的变故逼走了湛离，这是她内心永远的伤痛。如今希望重燃，女孩疲惫的脸上露出了笑容。

"应该说，是李峰找到了他。"迟帅拿出平板，淡淡地说。

若不是迟帅提起，忙于工厂重建和看护父亲的光零几乎忘记了他们最后送出去的那个人。她凑近看屏幕，果然如迟帅所料，李峰比任何人都走得更远。红色光点仿佛一簇火焰，跳跃在地面的荒原上。

"这几天李峰始终待在一个地方，看时间节点似乎只是偶尔外出觅食。这说明，李峰所在的位置相对安全，也方便走动，与我们测算的秘密电台的信号源非常接近。说不定李峰和湛离在一起呢。"迟帅小心观察光零的表情，怂恿她放下重病的父亲和危在旦夕的地堡是很困难的事，但他必须尝试，在这个世界上，唯有光零是值得被拯救的。

迟帅继续说道："我观察了生活区，工厂的重建之所以缓慢，是因为中枢无法把更多产能从地堡生活维持系统上抽调出来。如果把一部分人从地堡迁走，中枢就能有余地周转。"

的确是一个办法，前提是外面的确有可以容纳人们的庇护所。马桶人统治着地面，贸然出去只是送死。聪明的光零很快发现了迟帅话里的漏洞。

"如果李峰能找到别的庇护所，监控人应该也能找到啊。中枢为什么不早点告诉我们？"光零感到困扰。

"那是因为，"迟帅一字一顿地说，"中枢并不想让人离开。"

秘密电台里，湛离反复宣扬的地堡阴谋论，抛开外界的威胁不谈，有一点湛离说得很对，中枢不想让任何人出去，哪怕是现在它力不从心。

光零看向工厂中央的中枢处理器。它如一把垂直的宽剑深深插入竖井之中。层层叠叠的服务器板卡密密麻麻地从上而下排列，连接着地堡的各个角落。卡板上布满了闪烁的红色小灯，就像监控人眼中的光芒，冷酷而无情。每一个红色小灯都是监控人回传的节点，钢铁之躯无论是在地上还是地下都是中枢的眼睛，时刻记录着地堡内外的所有活动。

中枢是完美的逻辑系统，以人类生存为首要目标。让退缩在封闭地堡的人类重新回到开放式地面，对中枢来说是一场没有把握的豪赌。中枢不会赌，也不会冒险，它的成功率必须是100%。但是，人类的发展从来都是伟大的冒险，每当灾难降临，总有些人必须走在全人类的前面，开出新的道路来。

光零朝迟帅点了点头："你说得对，我们应该出去亲眼看看。"

第二天晚上，迟帅早早抵达约定的地堡天窗下，等候光零一起离开。昨天说的那些到底能实现几分，迟帅并不在意，他甚至不太在意地堡里生活的三万人，只要把光零带出地堡，迟帅相信两人总能找到办法活下去。就算事后被她讨厌，也总比让光零留在地堡被她的父亲烧掉脑子或被未来推翻中枢管制的人射穿心脏的好。

迟帅焦虑地来回走动，月光透过玻璃落在脚边，银辉万古不变。玉盘当空，照亮了无尽的夜。无论是百年前的夜归人，还是如今画地为牢的地堡人，只要抬头仰望，都能看到一样的月亮。他渐渐安静下来，立在那儿看向窗外，伸手像是要接住白色的月光。

突然，地堡震动了一下，落在掌心的月光消失了。

迟帅疑惑地向天窗看去，原本透出银光的地方，被肉红色的组织覆盖，一圈圈螺旋状排列的肌肉纤维不停蠕动着。成百上千个微小齿状突起，摩擦着玻璃表面发出刺耳声响。黄棕色的黏液不断渗出来，遮蔽了整个视线。

那个东西是——马桶人的口盘！

迟帅惊骇地退了几步，就见吸附在天窗上的马桶人高高跃起，足有5米高的庞大的身躯在空中画出一道弧线，重重地落在地堡外的防御墙上。它的触须胡乱击打在地堡的顶部，每一下都充满了力量。这还不是最可怕的景象，不远处至少有五只马桶人快步移动，目标明确，直冲地堡而来。

"咔嗒"一声，地堡升降台开始全力运作，全副武装的监控人大部队被送往地面。一场混战很快开始。马桶人的触须如闪电般飞速袭来，冲锋在前的重装监控人刚刚躲避了一次致命攻击，又被马桶人从侧面袭击。触须缠绕住它的机械肢体，猛然一扯，机械臂被硬生生撕裂。另一个监控人试图用电刀切割马桶人的触须，但刀刃还没伸展，就被支援的马桶人突袭，撞翻在地。马桶人这次的进攻与以往完全不同，不但体现在压倒性的数量上，更体现在可怕的协调性上。采取围攻策略的重装监控人，很快在马桶人凌厉的攻势下被打散。

单兵作战的原始生物，如今就像一支训练有素的狼群，仿佛受到了谁的统一指挥。迟帅注意到了，有一只3米高的马桶人始终没有加入混战，它处在监控人炮火无法涉及的外圈，站在废墟的高处以俯视的姿态观战。风中扬起的触须，就像它的作战指挥棒。其中一条触须的末端闪出耀眼的蓝光。

更令人担心的是，半数运转的流水线根本供给不上，很快，重装监控人就会耗尽现有的战斗力，战场上的局势会变得越来越不利。

必须立刻走，一旦地堡被攻陷就全完了。迟帅狂奔至升降平台，这是通往地面的捷径，只需等待下一批监控人来到，他就混在其中去到地面。

迟帅迈开了脚又迟疑地停下。不行，光零还没有来，必须去找她！

就在这一瞬间，他原本想要踏上的升降平台上方发出了巨响，天窗的玻璃瞬间碎裂，飞溅的玻璃片划过迟帅的脸颊。迟帅难以置信地向上望去，只见那只3米高的马桶人率领数只马桶人，用它们强而有力的双臂猛烈撞击升降平台防护门，无数条触须灵活地穿过裂缝，寻找着任何可以进一步破坏的结构。金属板在它们的连续攻击下开始变形，裂缝逐渐扩大。地堡竟然在最脆弱的地方，被马桶人凿出了一个缺口。

它们是怎么知道升降台确切的位置，又是怎么破除了结界？即便是马桶人数量最多的时候，地堡也从未遇到这样的精准攻击。

须臾，缺口便被数十条触须扯大，忽然，马桶人一齐离开。

3 米高的马桶人出现在洞口，它竟像人一样双手举着个东西。迟帅定睛一看，是一个破损的重装监控人。马桶人把它狠狠砸向地堡内，监控人及时自爆，炸断了马桶人多根触须，但火球一般的监控人还是掉了下来，砸向地堡竖井的中心。

内应激系统瞬间启动，封锁了爆炸威力，但巨大的冲力仍让地堡机构发生了震颤。迟帅被屏蔽在封锁之后，再看不到上方马桶人的攻势，但接二连三的爆破声告诉他，马桶人并没有收手。一个接着一个的重装监控人像燃烧着的流星坠入了地堡竖井。冲天的大火让地面的金属板都炙热起来。

要守不住了！

"光零……"迟帅念着女孩的名字，退了几步，朝来时的方向飞奔过去。他必须回去找到光零，和她一起离开这即将毁灭的地堡。

"警报！警报！地堡 A 区即将封锁，请所有人离开 A 区！"

地堡内部，紧急广播尖厉的声音令每个人的脸上都写满了恐慌。人们从未想过，地堡会有被攻破的一天。

"监控人都在干什么？"

"那群废铜烂铁！"

在人们的咒骂声中，地堡的墙壁开始崩裂，钢筋和混凝土块从天花板上不断掉落，裂缝迅速扩大。人们蜂拥着往下层跑去，地堡的底层是应对所有灾难的最后避难区。在底部的封闭层，有最坚固的防护和最充足的物资储备,但通往这里的道路并不宽敞。

人们在狭窄的通道中争相奔逃，脚步声、呼喊声和哭泣声混杂在一起，监控人试图维持秩序，机械的声音在混乱中显得格外冷漠："请勿慌乱，按顺序避险。"

"快跑！要塌了！"

惊恐的人们拥挤在狭窄的走廊内,试图找到一个安全的出口。然而四周全是堵塞的碎石和钢铁，几乎没有任何逃生的通道。

"妈妈，你在哪儿，妈妈！"小女孩的哭喊声从混乱中传来，她紧紧抓着玩具兔子，眼中满是恐惧。没人去帮她,众人自顾不暇。

地堡的天花板在持续的震动中终于崩塌，一块巨大的碎片眼看就要砸向地面，就在这千钧一发之时，一道黑色身影冲了出去。是一个双足的监控人，它以钢铁的臂膀撑起了那块碎片。即便伤痕累累，关节处冒着火花，它仍竭尽全力将那块巨大的碎片推向一旁，碎片在地面上砸出一个深坑，扬起无数灰尘和碎石。它又对立于一旁抱着兔子玩具的小女孩以少女的声音说道："别怕。你会找到妈妈的，现在快离开这里。"

"光零！"迟帅拼命穿过人群，一眼就看到了那个特殊的监控人，"你人在哪里？快和我一起走！升降平台整个都被封闭了，地堡支撑不……"

双足监控人的机械脑袋转了过来，阻止迟帅继续讲下去。作为能与中枢对话的唯一一个人，她显然比迟帅更了解情况。

"迟帅，你说得对，我们早该踏出这一步。"光零通过监控人对他说，"你先带着大家上去，至少比这里安全。"

迟帅站立不动："可是你呢？"

"我现在走不开啊。"双足监控人看了看火光四起的周围，歪着脑袋，似乎是笑了下，"到时候我会找你。"监控人是不会微笑的，它们根本没有表情，但迟帅却觉得，眼前的铁家伙笑得很可爱。

"好了，我走了，我们一会儿再见。"她转身毫不犹豫地离开。

更多的监控人从兵工厂撤出，前来帮助地堡人类，它们从混凝土下、从倒塌的墙下找到还活着的人。以往唾弃它们、憎恶它们的人类被无差别地从困境中拯救出来。

然而迟帅想要拯救的人却逆着人群向火光冲天的兵工厂走去。

"光零，等等。"迟帅正要朝那群监控人追去，就见一把冰冷的手枪对准了他的太阳穴。

正是之前偷藏监控人佩枪、抢夺他人营养液的女人，在她身边集结了好几十人。

她灰头土脸的，恶狠狠地盯着迟帅："带我们走，我听到那个监控人说的话了，你知道安全的地方。不是最下面那个封闭层，对不对？"

地堡的最深处有最后的保险措施，一旦发生危险，人们可以抛弃上层往地底深处走。但管道工迟帅知道，那个地方进入容易出来难。如果地堡上层被彻底炸毁，最下面的封闭层就是一口深埋地底的巨大铁棺材。

"别耍花招！"持枪女人身边魁梧的男人推了迟帅一把，"快走！"

说话间，地堡上方又传来爆炸声，整个地面都在抖动。不用他们提醒，迟帅也知道自己必须离开了，可他并不想带上这些人里的任何一人。他从来不喜欢 W 基地，也不觉得那些人值得保护，但他无法像湛离那样愤然离去，一个人勇闯地面，也无法像光零那样放下恩怨用充满善意的目光看向人群。他只会逃跑，只会躲起来，躲在地堡四通八达的管道里，假装自己和那些人没有关系。

"大哥哥，你能带我去找妈妈吗？"抱着小兔子的女孩，拉着他的裤腿说，"刚才监控人姐姐说，你一定会帮忙。"

迟帅僵了一僵，倏地握紧了拳。他看向光零消失的方向，叹了口气。既然是光零嘱托的，就只能勉强带人一起走。迟帅将女人指着自己的枪管用手挪开，冷静地说了句："跟紧我。"

在迟帅的带领下，一行人穿过狭窄通道，往上层走去。这并不是什么轻松的旅程，很快，天花板上方的钢梁开始崩塌，巨大的碎片砸落下来。迟帅迅速反应，拉着其他几个人一同扑向一旁，险险避过了这场灾难。尘土飞扬，视线一片模糊，耳边充斥着人们的惊呼和哭喊声。跟在他身边的女孩立刻抱住了他的大腿，兔子布偶掉落在地上，被人踩得稀烂。

迟帅来不及帮她捡了，将她抱起，向阶梯狂奔而去。他身后的众人抖落了灰尘快步跟上。爬过漫长的阶梯，他们终于来到屏蔽门前。沉重的绞盘不是一个人的力量能够转动的。

"快来帮我，打开这扇门就是地面。"迟帅转过身对身后的其他人说道，"你们一会儿出去别乱跑。"

"你原来是带我们去地面！疯了吗？"持枪女人打断了迟帅的话。

其他人也附和："地面有马桶人，我们出去只是去送死！"

"我们宁愿死在这里，也不愿意面对那些怪物！"另一个女人诚惶诚恐。

"听我说，"迟帅尽量让自己的声音平稳而坚定，"地堡已经不安全了，如果不离开，我们所有人都会被埋在这里。"

一些人终于动摇了，他们互相看了看，开始小心翼翼地帮助迟帅转动沉重的门把手。然而，更多的人仍然不愿意离开，紧紧贴着地堡的墙壁，仿佛那里能给他们带来更多的安全感。

就在这时，地堡再次剧烈晃动，天花板上的灯光闪烁不定，裂缝沿着墙壁蔓延。人们的恐惧达到了顶点，一些人终于忍不住挤了过来。

在众人的推动下，屏蔽门终于缓缓开启。有光亮照了进来，却不是什么希望的光芒。地堡之外，大火熊熊燃烧，照亮了整个天空。数只10米高的马桶人加入了战局，它们曾是践踏地球防御力量最强的存在，现在被头领马桶人指挥，更是无往不利。

相比之下，失去后援的重装监控人力不从心，所经之处皆是毁灭与火焰。顽强抵抗的机械战士们不断被马桶人击破，残破的躯体来不及自爆便被碾得粉碎。

得赶快趁乱跑出去，否则下一拨被碾碎的就是他们。迟帅冷静地观察四周，找寻出路，可忽地，他手臂上的汗毛全部竖起。

站在高处的头领马桶人海葵一样的脑袋转了过来。那家伙根本没有眼睛，迟帅却能敏锐地感觉到它就像人一样注视着自己。头领马桶人很快发现了新的地堡入口，一个敞开着的入口。下一秒，它末端那条蓝色的触须发出了光。马桶人大军像是接到了什么指令，立刻响应，从升降机平台周边四散，朝着迟帅他们所在的方位狂奔而来。

一通连续的子弹，减缓了马桶人冲刺的速度。追赶过来的监控人勉强将马桶人驱散。但没过一会儿，马桶人又在头领的指挥下聚集起来，它们的数量越来越多，步步逼近。这么一来，迟帅根本没有办法带着大家从地堡出去。

"关门，赶紧关门！"人群中有人恐慌地高喊。相比出去送死，他们宁可躲在即将崩溃的地堡里。然而打开的闸门没那么容易关上，老化的机关在关键时刻失灵，众人齐力都没推动半分。

眼看着马桶人大军即将抵达，只听"轰隆"一声，不远处的升降机平台再次启动。马桶人久攻不下的升降机屏蔽门竟自动打开了。一束光从地堡内部射出来，宛若一把劈开漆黑的夜的长剑。

在光芒之中，巨大的身影缓缓升起。它像是一座沉稳的山，像是一堵坚固的墙，更像是一把出鞘的利刃。这高耸巍峨的战斗姿态，正属于迟帅见过的那个监控人指挥官。在它脚下，普通监控人倾巢而出，它们身上没有机甲或重型武器，也没有生还的希望。所有监控人只得到了一条指令：血战到死！

没有迟疑，监控人指挥官展开等离子电刀，斩向近处的头领马桶人，头领灵活跃起堪堪躲过。其他监控人立刻火力支援，平台周边扬起一阵沙尘。增援部队的出现打乱了马桶人的节奏，它们不得不放弃进攻新的入口，重新回到升降平台。

这一变故，恰好给了迟帅一行人逃跑的机会。

怪物与机械的战斗，爆裂与凄惨的号叫都被迟帅甩在了脑后。越来越多的人跟着迟帅跑了出来，一开始是十几人，后来跟上来几百人。

他们在两方的交火中穿梭，避开四处横飞的弹片和倒塌的建筑。夜空里月光早就不见了，一枚枚燃烧弹在空中划过，照亮了整个战场。

"快！跟上我！"迟帅抱紧了怀中的女孩，示意大家加快脚步，眼前的道路被炸弹的余波震得支离破碎。一群马桶人突然从侧面冲出，触须如鞭，狠狠扫向逃跑的人们。迟帅迅速反应，带着大家绕过一栋半塌的建筑物，借助残墙的掩护暂时躲避攻击。他已出来过多次，早就把周围的地形熟记于心。

"不要停下！"迟帅大声喊道。在这个绝望的时刻，唯一的生机就是不断前进。

等到迟帅带着大部分人脱离战场抵达高地，再回望的时候，远处监控人与马桶人依然在激烈厮杀。

指挥官监控人以重炮轰击10米高的马桶人，周围的高温令空气扭曲变形，普通监控人依据指挥官命令一拥而上，它们像海潮那样细小，但有力地化作席卷一切的浪潮。

在奔流不息的炮击与斩击的猛攻之中，监控人指挥官越战越勇，抽刀的每一个动作都恰到好处，高能电刀被它舞得呼呼作响，瞬间收割了马桶人的性命。它没有停留，单枪匹马地又冲向另一个巨怪，行云流水一般流畅的动作与石破天惊的气势，让监控人指挥官看起来就像是一个真正无畏的人类勇士。

"那个，是监控人姐姐吗？她们的动作好像。"女孩幼稚的声音令迟帅猛地一颤。

迟帅心中一凛，强烈的不安席卷而来。他见过很多次监控人的战斗场面，它们从未如此灵活，监控人指挥官庞大的身躯更不可能动作如此迅速而精准，仿佛具备了某种无法解释的灵动。迟帅的心跳加速，脑海中闪过一个恐怖的念头：除非……除非里面住了人的灵魂！

汪博士诅咒一般的话语又在迟帅脑海中响起："你必须心甘情愿，否则，下一个就是光零。"

难道是光零！迟帅心中大骇，巨型的监控人似乎听到了他的心声，往他们这边歪着脑袋看了一眼。但它没空分心，电刀与巨大马桶人的触须碰撞，发出刺耳的"噼啪"声。

迟帅不敢去想，但此时此刻能够驾驭监控人指挥官的还有谁？他犹如坠入了冰窟，整个人都颤抖起来。都是因为他拒绝了博士，都是因为他又逃跑了，才轮到了光零。

"喂，发什么呆，继续走啊！"持枪的女人大声喊道。

"看，有更多的家伙来了！"周围人声音发颤。

远处无尽视野的边缘全都染上了银白之色，那并不是月光的落影，而是无数疾驰而来的马桶人白瓷色的肤色，数量之多，仿佛整个大陆的马桶人都集中在了这里。

这一次敌人的总攻，敌方人数足以成为全盛期地堡的灾难，更何况现在地堡的战力仅剩下监控人指挥官与零散的普通监控人。W 基地全军覆没只是时间问题。

很快这就不再是一场战斗，而是单方面的围剿。死亡的银白覆盖地面，抽水声此起彼伏，连绵不绝，所有可能的退路都被滴水不漏地封了起来。普通监控人再也抵挡不住，像破布娃娃一样被轻易撕毁。重装监控人战损严重，无力支撑。监控人指挥官弹药用尽，只能紧紧地握着电刀。

在孤立无援、弹尽粮绝的情况下，监控人指挥官突然将电刀指向了头领马桶人，仿佛是一种无言的挑衅。就在头领马桶人挥动触须、闪出蓝光、下达攻击指令的瞬间，监控人指挥官手中那柄能割开一切的利刃，舞了个剑花，掉转方向，直直插入了地堡深处。

地堡中枢由地热供能，电刀准确无误地破坏了能源抑制器，巨大的能量瞬间失控。眨眼工夫，火焰狂暴地从地堡的各个裂缝中喷出，如同愤怒的巨兽挣脱了束缚。它咆哮着，用最后的力量将周遭的马桶人、监控人，以及整个地堡统统卷入了阿鼻地狱。

冲天的火光点燃了城市，浓烟滚滚升腾，形成了一片黑暗的云层。那些不曾从地堡出来的人，再也没有生还的希望了。中枢出产的监控人，会在无法对抗敌人的情况下，以自爆的方式和对方同归于尽。它们没有任何过错，只是执行了最终的命令。

"快趴下！"有人高声喊道。

爆炸产生的震波携着飞沙朝幸存者扑来。迟帅猝不及防，被震波狠狠推向地面。在丧失意识的前一秒，他还在想，光零绝对不会用这种方式来结束战斗，她热爱地堡的每一个人，天真地想要拯救所有的人，哪怕牺牲自己。如果那里面真的是光零，她该有多么悲伤。而造成了这一结果的自己，又是多么卑鄙。

他不该逃避的，明知每次逃跑都没好结果。7 年前他躲在管道中目击了湛离父母被人杀害，不敢出声，扭头就跑，于是失去了好友湛离。7 年后他害怕被抓去成为不死不活的战斗机器，想方设法回避问题，于是又失去了光零。

过往的一幕幕，环绕在迟帅周身。迟帅伸手想要抓住什么，却什么都抓不住。那些记忆渐渐落在他的身后，消失不见。他融入了黑暗，越变越轻，越变越小，最终化为一颗不起眼的粒子，不再受时间和空间的约束，游走在无垠空旷的宇宙之中。迟帅想，自己或许是死了。

不知过了多久，迟帅的眼前变亮，隐约有星光编织成的通路，于无垠黑暗中闪烁。它们错综复杂地纠缠在一起，就像迟帅每天穿梭的地堡管道。

每一条通路的尽头都有一个景象，有的光芒微弱，有的明亮耀眼。迟帅向其中一条通路飘去。随着他的移动，模糊的场景逐渐变得清晰，展现出一个相似又不同的世界。

这个世界没有马桶人入侵，是人类点燃了核武器，从此地面再也无法生存。紧接着人类派出了先驱者远征遥远星球，用外骨骼甲武装自己，没日没夜开拓荒星，迎接移民飞船的到来。

他退回来，又飘向另一条通路，这次的场景荒诞又真实：没有天地，也没有战争，人类的数量自然而然地凋零。他们自动分成了两类人：一种及时享乐，不谈恋爱不结婚，自己赚钱自己花；另一种不停地生下小孩，建立庞大的家庭，接受国家补贴。双方势不两立，互相看不起，直到有一个男人跨越了界限跑去另一边。

一会儿工夫迟帅又飘去了上方，景象里是一个崇尚意识上传的世界。人们花费巨资，只为了让自己的肉体消亡后，意识能进入数字化的极乐之地，不过有些人勤勤恳恳，穷极一生都无法攒够门票的钱。

一个声音吸引了他，迟帅朝热闹的地方看去，那里是脑能力的世界，每个人依靠脑电波工作生活。人们不用说话也能沟通，不用发声也能歌唱。一些脑波异常的孩子，甚至能够用它创造奇迹。

迟帅不由得惊叹，他能够看见每个世界都从一个奇点分出无数条道路，通向不同的可能。这让他不由得想起旧时代的科学关于多元宇宙的理论。他们说每抛起一个硬币，就能产生两个不同的结果，按照不同的结果又生成了两个不同的世界。迟帅猜测，他所见的每一条通路都代表了一种可能性。那些世界都是平行存在的，因无人观测而不被发现。而他正是唯一的观测者，此时此刻，他立于所有可能性的交会点，窥视着无数个多元宇宙的碎片。

就在他打算向更深处的宇宙进发时，背后伸出一双纤细白皙的手臂将他轻轻一拽。

迟帅猛然睁开了眼。

天空亮得刺目，迟帅仰面躺在泥地上，目之所及，没有什么平行世界，也没有其他可能，连个人影都没有。他坐起，眼前是一片浓密的绿，四周鸟语花香，开阔的草坪让他恍惚了一会儿。迟帅从包里拿出平板定位，发现自己已离开 W 基地数百公里。是谁或是什么，大老远地把他挪到这儿的？

他思量片刻，忽然听到了一个熟悉的旋律，有人在低声吟唱。迟帅顺着声音拨开灌木丛找了过去，在一片野花地里，他不可思议地看到一个双足监控人正像人一样蹲着摘花。歌声正是从它的大脑袋上传出来的。黄白相间的小花被编成了花环，摆在它伤痕累累的钢铁膝盖上。

重装机器人手指僵硬，只能扣动扳机或挥舞电刀，遥感监控人虽能做精细动作却无法离开地堡，眼前这个哼着熟悉小调的监控人莫非是——"光零？"迟帅疑惑地问。

监控人闻声转头看他，扬声器里发出了女孩清亮的声音："醒啦，我还以为你磕坏脑袋了。"

真的是光零！迟帅连滚带爬地扑到监控人面前，伸手一把抱住它坚硬冰冷的躯体："太好了，你还在！"

但愿自己是做了噩梦，没有什么意识上传，没有巨大监控人，也没有地堡的毁灭。光零还和以前一样，躲在某处遥控着机器，同他开着玩笑，下一秒就会自己蹦出来。

双足监控人像是老友那般抬手拍了拍迟帅的背，声音带着笑意："干吗那么激动，我说过的，只是暂时走不开，会和你在地面相见的。"

迟帅的身子猛地一颤，缓缓拉开两人的距离。

"光零，你本人，现在在哪里？"

监控人露出了迷茫的表情。机器是没有表情的，只是它歪着脑袋，用手指挠头的呆萌样子和人类的"迷茫"没有差别。它似乎是认真考虑了一会儿，才轻轻地说："我已经不在了。这是我的备份，只是为了把你带到安全的地方，地堡爆炸落下的尘埃会把周围一切都掩埋。你的同伴以为你死了就丢下了你，被我看到了。"

一股恶寒爬上迟帅的背脊，他双手颤抖地放在监控人的肩膀，愤怒地问："博士对你做了什么？"

"迟帅，我是自愿的。总得有人站出来为大家做点什么。"

"他们不值得你这么做！"迟帅几乎是嘶吼出来的。

"但你值得啊。"光零温柔地说，"不去战斗的话，你也会死在地堡里的。"

迟帅红了眼，心中内疚不已，在光零了然的目光里断断续续陈述着自己的过错。她怎么会不知道呢，作为中枢的代理人，光零理应知道地堡发生的一切。

"我也不值得……光零，我是浑蛋，汪博士本来是要我做意识上传的，我跑了，都是我的错，我以为他那样无法再对你做什么，是我的错。"

一阵短促的报警声打断了迟帅的话，监控人的电量快要耗尽了。这个监控人早就破破烂烂，核心能源在它扛着迟帅全力跑了一个晚上之后也快支撑不住，光零似乎是叹了口气，大脑袋沮丧地垂下，连带着上面闪烁的红眼睛都暗淡了。

"迟帅，你最不擅长战斗了，这不怪你，每个人都有自己无法办到的事。不必为此内疚，我也只不过做了我能做到的事而已。现在我必须离开了，可我还有心愿没有完成，最后的最后，你愿意替我再做一件事吗？"监控人说。

迟帅拼命点头，别说为光零做事，就算此时此地让他把命交出来，他也毫不犹豫。

监控人撑起冒着火星的下肢站了起来，艰难地把花环戴在了迟帅的脑袋上，少女一般的声音清凉地说道："我希望，你能找到湛离，然后，带他回家。"

回家……哪里是家呢，W 地堡已不复存在。可迟帅等不到光零的回复了，监控人的红眼骤然熄灭，就像是散了架一样向下倒去。迟帅赶紧去拉，但钢筋铁骨的沉重不是人类的臂膀能够承受的。

监控人倒在了一片盛开的野花里，只有迟帅头上那一圈精巧的花环能证明，她曾经来道别过。

三、异度盟友

过了 7 天，迟帅运气不错，一路没有遇到马桶人，这主要是因为他擅长躲避。任何危险的蛛丝马迹都让迟帅警惕，换了别人可能根本无法察觉。这是迟帅多年行走在马桶人与监控人交锋战场，培养出的洞察力和直觉。

那些没有经验的人，运气就没那么好了。迟帅偶尔能在路边看见人类风化的骸骨，他们或许已离开很多年了，白骨几乎与自然融为一体。不知道是巧合还是什么原因，他所见的白骨，头骨全部消失无踪。若放在平时，迟帅一定会深究这一不正常的现象，但现在他只有一个念头：尽快找到湛离。

快没电的平板上，属于李峰的红点依然活跃，眼看就在 10 公里范围之内。迟帅其实并不确定能靠这条线找到湛离，当初这么说全然是为了让光零和自己一起离开地堡。如今，他没有选择，任何线索都必须抓牢，毕竟这是光零最后的愿望。

走着走着，迟帅走进一片荒废的城市，空气中弥漫着草木的味道，高楼间藤蔓盘绕生长，野花铺满街道，遍地盛开，这些都是在地堡出生的迟帅从未见过的奇观，可他无心欣赏，直到看到了一个奇妙的生物。

那家伙的头颈和四肢长而纤细，长颈弯曲着，缓慢而优雅地饮着小池中的清水，棕色的眼睛在阳光下闪烁着温暖的光芒。迟帅屏住呼吸，静静观察。它倩丽的身影落在残垣断壁之间显得格外突兀，又仿佛是这片新生森林的一部分。

忽地，水池波纹颤动，一道响亮的抽水声传来，令人毛骨悚然。迟帅迅速找了个隐蔽的地方藏身，透过废墟乱石向外观察。庞大的马桶人出现在视野中。它披着冰冷的白瓷色，拖着双腿，触须在空气中挥舞，仿佛搜寻着什么。迟帅的心跳加速，屏住呼吸。令他惊讶的是，那只马桶人并没有攻击水池边的长脖子动物，海葵似的脑袋晃动了一下，似乎还向着它打了个招呼。

"嘀"一声，平板进入低电量模式。迟帅赶紧将平板关闭，但来不及了，马桶人已被它发出的声音吸引，向这边迅速移动。迟帅毫不犹豫地跑起来，穿过一片废墟，跳过倒塌的墙壁，马桶人在身后紧追不舍。眼看触须离他越来越近，迟帅停下脚步，一转身做好了放手一搏的准备。眼前的马桶人只有 3 米高，在过来之前他拆掉了光零监控人的损坏部件，做成了一把低功率的电刀。只要能切开那个东西的皮肤……

突然，一群监控人犹如天兵神将，从一侧冲了出来，将马桶人掀翻在地。迟帅愣了一下，很快行动起来，舞动双手大声朝着监控人喊道："救救我，我在这里！"

一般碰到双方交战的场面，迟帅都是有多远跑多远的。今天他不跑了，因为他清楚，只要有监控人出现，就说明附近有人类居住的庇护所。即便有误差，但李峰的定位点距离这里不远，说不定他本人或是湛离就在庇护所里，他必须被这群监控人带回它们所在的庇护所。

监控人的红色电子眼闪烁了一下，迅速组成防线挡在了迟帅和马桶人之间。激光射枪和小规模粒子炮同时发威，将马桶人逼退。不似 W 地堡中的重装监控人，这些监控人没有配备电刀，不具备割开马桶人皮肤的威力。领头的那个一把抓过迟帅背在背上，且战且退。

马桶人愤怒咆哮，却在大口径武器的攻击下不能接近分毫。迟帅本以为会有其他监控人前来支援，一场恶战在所难免，却不料监控人小队集结了队伍，在火力掩护中一齐掉转方向，撒开四条腿，跑了！

"喂，你们真的不打吗？"迟帅敲敲监控人的铁脑袋，"我有电刀可以借给你们。"回应他的是监控人跑得更快了。

每个地堡都是独立隔离的小世界，在漫长的百年里发展出不同的生态，W 基地的监控人浴血奋战、不死不归，不代表在别处它们也乐于牺牲。这就像迟帅在弥留之际看到过的多元宇宙，故事从一个奇点出发，因选择的不同，衍生出千万个不同的世界。

很快，迟帅被带到了一个名为 M 的地堡。与拥挤混乱、空气污浊的 W 地堡不同，这里一尘不染，光线明亮，所有的布置井井有条，就连监控人走动时的动作都格外轻盈。洁白的廊道和清新的气味令迟帅仿佛置身于旧世界里才有的高级酒店。

监控人没收了迟帅的电刀后，把他留在了一间豪华客房。客房里有人类需要的一切，营养液和干净的水无限供应，卫生间都比迟帅以前住的房子大。他战战兢兢住了两天，不见任何人来审问他。

事实上，自从被监控人带入地堡，迟帅就没见过一个人。M基地到底是怎么做到的？明明W地堡人满为患，光人类呼出的二氧化碳就得花费大量能源进行过滤。

到了第三天，房间里突然有个沉稳的声音从四面八方传来：

"你说你是W地堡的幸存者？"

迟帅吓得从床上跳起来。他紧张地搜寻发出声音的地方，却没有发现源头。

那个声音继续说道："经过三个日夜的密切行为观察及体液检测，男性，体征稳定，没有疾病，将被M基地接纳。请问，你有什么需求吗？"

迟帅这才意识到自己一直是被人监控着的。房间里到处是隐藏的摄像头，哪怕在卫生间里也没个人隐私可言。虽然感觉很差，但他来这里是有目的的。他赶紧对着天花板大声说："我请求M基地的庇护。如果这里有其他W地堡的居民，麻烦先让我和他们见面。"

那个声音顿了顿，说道："没问题，这就为你们安排见面。"

事情顺利得令迟帅感到怀疑，他跟在两个四足监控人后头，不久就来到一处类似兵工厂的宽敞空间，里面挤满了监控人。和M地堡干净整洁的形象不同，这里的监控人破损严重，有的缺了手臂，有的腿部扭曲不堪，大部分的躯壳上布满了深浅不一的裂痕和凹陷，那是大爆炸留下的痕迹，空气中弥漫着一股渗漏机油和冷却液的气味。更奇怪的是，向来整齐划一的铁军竟然懒懒散散，三五成群，它们互相倚靠，或半躺在地上，一副疲惫不堪的样子。

一开始的那个声音从迟帅身边的四足监控人脑袋上传来："这些就是W基地的幸存者。"

迟帅震惊不已，眼前一个个顶着半球形大脑袋的钢筋铁骨，怎么可能是地堡浩劫的幸存者？它们看上去不过是随处可见的监控人而已。

不对……是有可能的，迟帅冒出了冷汗。

一个半边肩膀被削掉的监控人挤到迟帅面前，用合成音问："你见到过我的女儿吗？带着小兔子玩偶到处走的小女孩。"

迟帅手臂上的鸡皮疙瘩疯魔一般立起来，他刚想说什么，那监控人已经掉转方向，用一模一样的语气向其他监控人问道："你见到我的女儿吗，带着小兔子玩偶到处走的小女孩。"

它看似是一台机器，重复着刻录在核心的指令，但它又像是一位母亲，绝不放弃寻找女儿的机会。迟帅仔细观察，像它这样行为怪异的监控人占了大多数，钢筋铁骨却流露着人类的沮丧和不安，实在太不像监控人了。

迟帅在监控人中间慢慢走动，他忽然看到一个监控人捧着熟悉的东西——光零用来安置地面鲜花的花盆。光零？迟帅激动地走上前去，却听到对方呢喃着："我为什么要抱着花盆，哦对，是隔壁姐姐让我带着的。我为什么要抱着花盆，哦对，是隔壁姐姐让我带着的。"迟帅赶紧问它："隔壁的姐姐去哪儿了？"对方回答："我为什么要抱着花盆，哦对，是隔壁姐姐让我带着的。"它自顾自重复着自己的话，就像一台坏掉的唱片机。

"嘿，你是 W 基地的幸存者。"盘腿坐在地上的监控人幽幽地用电子眼看向迟帅，"兄弟，有烟吗？我看你咋那么眼熟？"

越来越多的监控人注意到了迟帅，它们凑过来，用冰冷的手拍着迟帅的肩膀，脑袋上发出尖厉的电子音："我见过你，管道工的儿子，你竟然还活着！"

"他逃出去了。"

"竟然还活着！"

"活人！"

迟帅脑中嗡嗡作响，他差点要吐了。在这个硕大的广场里的众多监控人，原本是他的邻居、朋友或是同事。他们本该在地堡的自爆中死去，却又在冰冷的躯壳中复生。汪博士说过，意识上传的成功在于上传者的心甘情愿。困在地堡封闭层的普通人面对生命的消亡时，怎会拒绝另一种生的可能？或许正是利用了人类本能的求生欲望，这一违背人性的实验才得以完成。

"地堡目前接纳了 5321 具人类监控人，其中 3340 具破损严重。"地堡监控人发出声音，"维护这些监控人非常麻烦，需要耗费不少零件。不过它们是珍贵的样本。人类意识与机器融合也是本地堡的方向。等中枢计算出可靠方式后，你也将与你的同伴一样，获得机械的躯体。在这之前，你可以先住在原来的房间。"

迟帅听闻惊骇地大退一步："不，我拒绝。如果你们地堡提供的是这样的庇护，我拒绝，让我出去。"

"好的，明白了。你拒绝意识上传，想要出去。"监控人冷冰冰地说，"你的愿望会被满足。"

迟帅心中生出不祥的预感，但他无处可逃。监控人将他带去地堡的深处。这里没了洁净的白墙，只剩下裸露的毛坯墙壁，墙上布满了污垢和……血迹。两侧一个个封闭的牢房里昏暗压抑，每个牢房门上都有一个小小的观察窗，里面隐约能看到被关押的人影。这还是迟帅第一次见到 M 基地的人类，他们显然过得并不怎么样。

"我说了我要出去。"迟帅抗议道。

"是，马上你就能出去。"

他被推进一个牢房，铁门在身后轰然关上。迟帅环顾四周，牢房内只有两张简陋的铁床和一盏发着微弱灯光的灯。墙角堆放着一些破旧的生活用品，恶劣的环境与之前三天的豪华套间形成鲜明对比。

在另一张床上睡了一个人，听见新室友的声响，那人翻身起来。大胡子遮住了他的脸面，看不清表情和年龄。露在破烂背心之外的发达双臂和宽阔的肩膀，显出他的强壮与魁梧。

迟帅友好地朝那人点了点头，下一秒大胡子就从床上起身，激动地走到迟帅跟前，一把拽住了迟帅的胳膊。

"迟帅！是我！"

那人的声音迟帅相当熟悉，从小玩到大不说，这几年也频频在秘密电台听到过。迟帅不敢置信地握住对方的手，叫出了一个不可能的名字："湛离？"

面前蓬头垢面的粗犷男子已与7年前的谦谦公子模样大不相同。不知道这些年经历了什么，湛离强壮了许多，似乎参加过无数次战斗，身上旧伤新疤交错叠加。在长而打结的刘海下，他的右眼完全瞎了，眼眶被一道狰狞的疤痕贯穿。

"迟帅，你怎么到这儿来了？"湛离单眼中充满惊喜，"我以为再也见不到你们了！光零呢，光零有没有跟来？"

迟帅的笑容渐渐凝固，他不知如何告诉好友发生在光零身上的事，以及自己的卑鄙行为。见他沉默不语，湛离眼中的光暗淡下来，扯出一缕自嘲的笑："我就知道光零不可能踏出地堡一步，她根本舍不得那堆机器玩具！"

7年前，湛离其实想要光零和迟帅跟他一起走的，为此他和光零大吵了一架。没想到，那些赌气的话，就成了两人最后的对话。

就让湛离以为光零还在赌气好了，迟帅用默认让湛离叹了口气。

"不谈她了，迟帅，你是怎么找来的？"湛离终于转移了话题。

"我听到了你的秘密电台，按照发射信号方向，试着找来的。"

湛离莫名其妙："什么电台？我怎么不知道。"

在听迟帅解释了电台的内容和播送周期之后，湛离的表情更加古怪。

"你觉得……"他指着牢房里家徒四壁的景象问，"凭这个条件，我能折腾电台？"

湛离说得对，他根本不会也没有条件发送电台消息。地堡深入地下数千米，仅能收到磁感应透地通信耦合信号，前提是信号来源于地表且功率强劲。如今湛离深居此地，在技术上是无法发射电波的。可是，谁又会特意用湛离的声音编造谎话？明明知道湛离离开地堡的就只有他和光零两个人。

不，其实有人知道。中枢监控着所有人，它知道湛离的离去，就像知道迟帅往返地面的数次一样。汪博士就在之前的对话中无意透露过。当时，他是地堡的首席科学家，中枢唯一的代言人。

一声急促的警报声打断了迟帅的思考。湛离看向门口，监控人出现在牢房门口，用枪指着两人，示意他们出去。一同被赶出来的还有其他牢房的人，一共二三十人，都是青壮男性。他们朝湛离点了点头，皆以他马首是瞻。

他们被荷枪实弹的监控人押到另一侧的屋内，里面摆满了黑色的外骨骼甲。这些外骨骼甲表面材料坚固耐用，结构紧凑，关节处装有高强度的液压装置，能够抵御高能激光和爆炸的冲击。金属头盔部分覆盖了整个头部，仅留下一道狭长的红色光学感应器，整体看来就像是监控人的缩小版。

迟帅拿起眼前的面具，内衬血迹未干，看来外骨骼甲并不能让穿戴者刀枪不入。

"这是要做什么？"他不由得担心地问。

"不会受伤，放心。"湛离避而不答，拍了拍迟帅的肩膀安慰道，"为了安全，还是穿上吧。"

迟帅只得和其他人一样穿上盔甲，身体立刻被冰冷的金属包裹。沉闷的重量全压在他的肩膀，令人难以呼吸。幸好内置的动力装置很快启动，支撑起盔甲的重量。迟帅试着动了动手指和手臂，发现动作竟然比平时更加灵活和有力，盔甲紧紧贴服，像是自己身体的自然延伸。不知触碰到哪个按钮，外骨骼甲的内置武器系统激活，手臂上弹出电刀，刀刃电弧锋利无比，闪着寒光。

一下子，迟帅明白过来，这是一套用来和马桶人作战的人类装备。他既不想进行意识上传，又想离开地堡，于是中枢"友好"地让他穿戴得整整齐齐，然后上路。这种阴阳怪气的手段，难道不是人才有的吗？

升降机缓缓上升，平台的震动让迟帅的心都提到了嗓子眼。

他不安地抖腿，钢筋铁骨支撑的双腿不断敲击钢板，发出"咚咚咚"的声响。他的束手束脚引得几个魁梧大汉哈哈大笑。

盔甲中的通信器传来揶揄："小公主，要出门了，你可得跟紧哥哥们。"

与迟帅不同，其他人早就适应了每天出门放风。因为，即使他们不愿意，也会被监控人的枪口指着。对这些亡命之徒而言，或许掌控了整个地堡的监控人比马桶人更加难以对付。

"不用理他们。"湛离开启单聊通道。

几个呼吸后，透过外骨骼甲的显示屏，迟帅看到了外面的景象。马桶人集结，抽水声不断，战斗一触即发。只见湛离灵活挥舞着手中的电刀，脚步如风，瞬间逼近马桶人。刀刃闪烁着耀眼的蓝光划破空气，精准地刺向马桶人的侧面。马桶人发出愤怒的咆哮，触须疯狂地挥舞。湛离沉着冷静，迅速用手势指挥小分队，分散开来。

这里的马桶人没有 W 基地附近的高大，也没有出现马桶人的头目统一指挥。湛离抬手向右，示意一人掩护左翼。队员迅速移动到左侧，用手中的枪炮压制敌人，另一部从右面包抄，用电刀擦过马桶人的背脊，留下细小而深刻的口子，然后立刻撤退。没有人冒进也没有人擅离职守，所有攻击都只到切开白瓷皮肤为止。

迟帅紧随其后，冷静地观察着战场，脑海中闪过地堡监控人与马桶人交战的每一个细节。他注意到前方的一只马桶人正朝湛离队友的方向移动，伸展的触须眼看就要扫到他的腿。迟帅迅速做出判断，利用周围的废墟作为掩护，高举手中的电刀，利用外骨骼甲增强的力量，轻轻跃起又俯冲，将手臂上的电刀精准地刺入马桶人的背部。

马桶人的惨叫引起了队友的注意，他向迟帅投来感谢一瞥。随后，湛离指挥队员们保持阵形，逐步将几只马桶人引去一片洼地，就像旧时代的牧羊犬把羊群赶进羊圈那般驾轻就熟。下一秒，湛离挥手，队员们立刻停止攻击，迅速撤退到安全距离。

数枚毁灭性的导弹如豪雨倾注而下，瞬间将马桶人的怒吼与哀号统统化为乌有，爆炸产生的冲击波将周围的地面炸得四分五裂。在距离洼地一公里的地方，隐藏着类似重装监控人的武器，它们的四肢深深插入地表，炮口冒着白烟。

迟帅意识到，这是一个陷阱。人类战士冲锋陷阵承担诱饵的角色，把马桶人步步引入早已设好的圈套之中。稍不留意，他们不是被马桶人的触须绞杀，便是被监控人的导弹波及。无论是失去右眼的湛离，或是在头盔里吐血的倒霉家伙，都说明了这一策略的危险性。

"我不明白。"迟帅讷讷地说，"中枢不应该是保护人类的吗？"

"中枢始终保护的是大部分人类。"湛离不屑一顾，"它不在乎部分的牺牲。"

比起被赶去地面的二三十人，中枢看中的是整个地堡人类整体的安危。就像 W 基地的中枢把潜在威胁统统投入大牢，M 基地则把破坏规矩的人类送去地面。在湛离到来之前，这个习俗已延续了半个世纪，仿佛是旧时代的献祭。只不过彪悍的祭品们绝不会束手就擒。

"不错啊，小子，第一次到地面我都吓尿在盔甲里了。回去请你喝营养液。"被迟帅帮助过的战士猛拍了下迟帅的肩膀，若不是有外骨骼甲保护，迟帅能被那人拍飞出去。他堪堪站稳，就见刚才浴血奋战的队友们有说有笑地朝地堡升降台走去。

他们似乎自愿担当如此危险的工作。但为什么呢？怎么会有人愿意每天面对马桶人的威胁？

很快，迟帅便知道了缘故。

他们回到地堡后没有被直接关进牢房，而是被允许走向地堡的另一块区域。通过长长的玻璃廊道，他们来到一个宽敞的大厅，四周被雪白的墙壁包围，静谧而冰冷。成千上万的休眠仓呈辐射状，由内向外整齐地排列着，在柔和的光线下，显得晶莹剔透。仓内的人们安静地躺着，呼吸平稳，沉睡在美梦之中。在这些休眠舱的中央，矗立着中枢的垂直终端，上面显示着每一个休眠者的生命体征。几个监控人在控制台前忙碌着，时不时查看显示屏上的数据，确保一切运行正常。

这就是 M 地堡所有的居民了。几万人，不，数十万人安静地躺在水晶棺材一般的休眠舱里，毫无声息。怪不得地堡除了大牢里的战士，一个人都看不到，眼前纯白的空间简直就像是一个巨大的地下墓室。迟帅走在这片寂静里，心中充满了疑惑和不安。为什么大家都在休眠仓里？他们是在等待苏醒，还是永远不会再醒来？

那个拍过迟帅一掌的大汉停在一个休眠仓前，面色温柔地擦拭着仓玻璃。里面躺着的女性沉沉睡着。女人看上去比大汉年轻些，或许是他的爱人，也许是他的妹妹。大汉却向迟帅介绍说："嗨，小子，这位是我的妈妈。"

迟帅惊讶不已，他不理解 M 基地到底发生了什么。

"你记得光零对中枢的评价吗？"湛离对迟帅说道，"光零说中枢其实很可怜，每天生产出那么多监控人，却又要看着它们去送死，然后再把它们的残骸拉回来重新组装。"

迟帅记得当时湛离只漫不经心地说中枢只是人工智能，所有的人工智能都是为人类服务的，除此之外它们没有任何价值。为人类的生存去死，就是它们重要的价值。

"但如果中枢发现还有其他更有效的办法能保护人类，它就不会选择让监控人不停地毁灭。"湛离幽幽地说。

百年后的地堡无法容纳更多的人，人口的持续增长让现有的物资分配捉襟见肘。暴动时常发生，比如 W 基地。而在 M 基地，中枢通过计算向主理人提供了一个可靠的建议，如果立刻实行，耗能将降低到目前的 5%，而且能杜绝居民之间的伤害事件。

那个办法，就是冻眠。

在中枢的计划中，所有人进入休眠舱后，由中枢接管地堡，它将24小时不间断地看护好人类，直到地面上的威胁消失。100年，200年，或者1000年，拥有硅基永生的中枢不怕时间的流逝，它能从地底永无止境地获取地热能，妥善运营地堡，让人们在睡梦中高枕无忧，度过最困难的时光。

主理人被说动了。比起在不见天日的地堡中节衣缩食地度过余生，谁不想一觉醒来，外面的世界已风平浪静？关键是他们什么都不用做，什么苦都不用吃，只要睡觉就可以迎来新生。

在主理人的号召下，越来越多的人加入了"冬眠计划"，而那些不愿意将自己冻住、不愿意把自己交给机器的人，最终都死在了每日地堡的外出献祭中。中枢把大部分的能量投入到人类休眠舱之后，监控人的产出量就不再满足每日的防御需求。为了大部分人的安眠，小部分人必须牺牲。

随着醒着的人越来越少，中枢又把主意放到了睡着的人类中。它挑选一些孩子进行培养，武装他们，让他们成为地堡的战士。并告诫说，如果不努力干活就唤醒他们的亲人替代他们。

休眠仓中的年轻母亲绝对想不到，自己年幼的儿子是在你死我活的战斗历练中成人的。她依然做着美梦，梦里她和小儿子在百年之后的一天，一起走到阳光下的地面。

迟帅神色复杂地看着这群健硕的战士，心中升起悲哀。他们被唤醒时都是孩子，满怀期待睁开眼，以为是和家人团聚的幸福时刻到了，却发现是无尽的磨难的开始。无论他们的亲人是否能看到和平来到，他们都看不到了。

"太过分了。"迟帅握紧了拳头，但他无能为力。地堡的确满足不了所有人的基本生存条件，若是盲目唤醒数以万计的冻眠人，那么 M 基地也将迎来灭顶之灾。

"湛离，和我离开这里吧。"迟帅劝说同伴，"这里很不对劲。"

湛离懒散地靠着休眠舱，用单眼凉凉地看向迟帅，反问："我能去哪里？"

他是 W 基地主理人的独子，也是 7 年前那场暴动的受害者，满腔的怒火与仇恨无法发泄在杀害他父母的人身上，于是流落至此，每天与马桶人厮杀搏斗。迟帅竟有点理解当年他非要离开地堡的原因。

"光零一直告诉我，放下仇恨，宽恕别人，也原谅自己。可我做不到。"高大强壮的男子露出与他个性不相符的悲伤表情，幽幽地说，"不过，我至少可以把恨转移到真正的敌人身上。我在这里的每一天都活得精彩刺激，全力拼搏，倒头就睡，不用思考别的，几乎都要忘记以前的事了，直到……你来找我。"

放风时间结束，众人被监控人赶回牢房。迟帅没有在意湛离的话，他默默地想。汪博士有一句话说错了，他说人类拥有意识发达的头脑和过于羸弱的身躯，因此无法匹敌马桶人，若把人类的意识与监控人的躯干组装起来，便能赢得这场战场。但他忘了，人类的头脑除了发达之外，也相当脆弱。最坚强的战士也会哭泣。

迟帅躺在简陋的平板床上翻来覆去睡不着，索性拿出了收音机。幸好监控人只没收了他的自制电刀。迟帅给收音机充电，开始捣鼓他的接收模块。W地堡的中枢已毁，如果是他诱导人类上去地面，那么电台应该已经没了。可是和迟帅想象的一样，秘密电台仍在播送，只不过播送的内容发生了改变。

那个用湛离声音说话的人不断重复一组数字，迟帅在旧时代的资料里见过，那组数字代表地球上的经纬度，确切地说，电台向所有人广播了一个位置。

那里有什么？谁在那里？

迟帅想去一探究竟，但他又不想把湛离丢下，他们好不容易才遇上。就在犹豫之时，迟帅冷不丁视线对上了一双眼睛，不，准确地说是一只眼睛。对面床铺上的湛离坐了起来。

"你要是认为我一直听到自己的声音瞎嚷嚷，还能安稳睡大觉，就太看得起我了，迟帅。"他下床朝迟帅走来，"这就是你说的秘密电台？声音的确和我的一模一样，怎么做到的？"

对湛离来说，再没什么比这更诡异的事了，他明明好端端蹲在牢里，明明自我放逐到了那么远。

"我现在不知道他的目的，但我想去看一眼。"迟帅不打算隐瞒自己的计划，"和我一起去吧，湛离。如果那里是新的庇护所我们就留下，如果是个陷阱，我们就捣毁它。"

迟帅本人虽然是个胆小的家伙，但总是能给其他人带来希望。迟帅不知道，自己随手摘的一朵花，随口提的一扇天窗，都曾给同伴带去莫大的宽慰。湛离心想，如今，这个家伙又在感召他了。湛离笑了笑，贯穿眼眶的丑陋伤疤因此柔和了许多："说得轻松，怎么离开？"

一旦外出时有逃跑倾向，监控人的火炮就会尾随而至。而在地堡中，他们一出牢门，行为就始终被监控着，丝毫没有机会从中枢的眼皮子底下溜出去。

迟帅却信誓旦旦地对友人说道："我能找到出路。"

旧时代有句老话，龙生龙，凤生凤，老鼠的儿子会打洞。迟帅不像湛离那么有能力，也不像光零那么聪明，他只是地堡管道维护工的儿子，从小就像只老鼠一样在迷宫般的管道内四处游走。地堡的管道四通八达，并且还有个显著的优点——没有监控。迟帅相信，每个地堡无论后期发展成什么样，固有结构都是一样的，既然他能从 W 地堡出来，M 地堡也一样拦不住他们。

湛离被迟帅说动了，他已经很久没有人生目标了，每天睁开眼只为了活过这一天。

"如果你能让我们出去，那我们就一起去会会那个电台的主人。"他顿了顿又说，"如果我们成功了，就去接光零过来。"

湛离想见光零，但不是用现在这个颓废的样子。迟帅明白好友心中所思，只得抿着嘴一声不发，迟帅不敢想象湛离知道真相后的绝望，就让他暂时沉浸在希望中也好。

四、 平行战线

两人说干就干，牢房里的通风管道就能通往地堡内部。之前湛离百无聊赖，从未考虑过越狱，根本没注意到。现在不一样了，他看着迟帅在地板上画图，突然想到了一个好主意。

"我们得把阿杰带走。"湛离说。

阿杰就住在隔壁单间，阿杰的哥哥在出击的意外中死去，他是被唤醒替代他哥哥的，而这对兄弟的父母早因病死去。全队上下，除了湛离，就数这位老兄毫无牵挂。

"这好办。"迟帅说着钻进通风管，没一会儿就把隔壁牢房的兄弟带了过来。阿杰看着比他们都年轻，裸露的皮肤上也是伤痕遍布。他们这些刀尖舔血的战士，没有一个不是在枪林弹雨中成长起来的。

阿杰听了湛离和迟帅的计划，觉得不可思议。

"你们是说，我们能够逃跑？就我们三个，没有外骨骼甲的话，能活吗？"

"试试看，总比在这儿半死不活强。"湛离说道，"阿杰，你不是想尝尝新鲜果子的味道吗，我和你说，我来的一路上不知吃了多少，比营养液可好吃多了，对吧，迟帅？"

迟帅立刻点头，他虽然不觉得野果有多美味，但多一个人多一个帮手。

到了次日夜晚，三人钻进房间里的通风管道开始往上面爬。M 地堡和 W 地堡的结构相差无几，逃跑路线通畅安全。爬了大概有两小时，前面出现了一小段波折。

管道突然从全封闭变成了半透明的，而透明的那一段正面对着一群黑压压的监控人。

阿杰汗毛都竖起来了，打算往回撤，迟帅却叫住了他。

"这些监控人不会攻击我们。"

因为它们是 W 地堡的幸存者。这些与机器融合意识的金属人类，依然三五成群，歪歪斜斜地或坐或躺，受损的部件大多给修好了。相对于照顾需要吃喝拉撒或是安眠在休眠舱里的人，照顾这些机械生命对于中枢来说是省力的。不过很明显的是，中枢待它们既不像人类，也不像机械。不知道中枢后续有什么打算。

"这些监控人是怎么回事？"湛离不理解自己的所见。无论是 W 地堡还是这里，监控人都是纪律部队，绝对不会出现这种松散的状态。

基于湛离与 W 地堡人的纠葛，迟帅决定保持沉默。可是 W 基地的熟人们并没有打算错过与他相认的机会。

"迟帅？是迟帅！" W 地堡的幸存者发现了一行人，立刻叫嚷起来。

迟帅赶紧给它们做了"安静"的手势，可是那些人或者说是机器毫不理会。

"你们是打算逃跑吗？带上我啊，这里啥都不能干，我都闲得生锈了。"

"哟，是迟帅来了。"

"这几天你去哪儿了？"

"带我走吗？"

"你见到过我的女儿吗？带着小兔子玩偶到处走的小女孩。"

W 地堡的机械幸存者越围越多，它们反常的行为引起了 M 地堡监控人的注意，那些荷枪实弹的看守向迟帅等人隐藏的管道走来了。

不能再停留，迟帅领着两人扭头就走。围聚在管道周围的 W 基地幸存者们见他们要走，一个个伸出钢铁的手臂向管道砸来。透明管道被砸出了窟窿，钢铁的手臂便伸进去，想要将窟窿扯开，妄图以钢铁身躯钻入管道中。但它们的躯体太大了，通风管道根本容纳不了。

"别过来！"迟帅赶紧挥手，"你们进不来的。"

没有人听他的，恐慌的地堡幸存者不断朝这边涌来，不断把自己硕大的脑袋捅进管道里。

它们不管不顾地横冲乱撞，让管道发出痛苦呻吟，逐渐扭曲变形。

"跟紧我。"迟帅低声对身后两人说道，领头钻进一条更狭窄的通道。他熟练地弯腰、转身，穿过复杂的管道网络。"这边！"迟帅停下脚步，指向一个隐蔽的出口。他用工具迅速拆开通道盖子，露出一条更加幽暗的通道。进去之后，就没有任何光线了。迟帅打开头戴式探照灯照亮了通路。

"我的天，你怎么能知道得那么清楚！"阿杰不由得惊叹。

"如果你天天和这些东西打交道，自然会熟悉它们。你们不也是对付马桶人的专家吗？"迟帅笑说。

迟帅带着两人爬了很久，爬到手臂、膝盖都磨秃了皮，这才看到尽头。道路逐渐宽敞起来，他们沿着小径一路向上，耳边只听到彼此急促的呼吸声。突然，前方传来微弱的光线，迟帅加快了脚步，他们终于来到地堡的出口。只不过这里的闸门与 W 地堡一样，是完全封闭的。

迟帅仔细观察闸门的结构，发现它的边缘有一个小型的控制面板。他从背包里拿出一套工具，熟练地连接到面板上，开始破解门锁程序。"需要一些时间，保持警惕。"他低声说道。

阿杰和湛离立刻分散开来，紧张地注视着周围的动静。他们的出逃已经引起了中枢的警觉，随时都会有监控人从意想不到的地方出现。迟帅的手指在键盘上飞速跳动，汗水从额头滑落。他深知时间紧迫，必须尽快打开这道门。

"快了，快了！"迟帅咬紧牙关，继续破解。几分钟后，闸门终于发出一声轻微的"咔嚓"声，缓缓开启了一条缝隙。湛离用力推开闸门，带着两人迅速钻了出去。

五、量子交界处

出人意料的是，门外是一片浓密的森林。高大的树木参天而立，枝叶交织成一片绿色的天幕，几乎遮挡了所有的阳光。阳光透过树叶的缝隙，洒下斑驳的光影，地面上覆盖着厚厚的落叶和苔藓，散发出湿润的泥土气息。四周的空气清新，带着一丝潮湿的寒意，鸟鸣声此起彼伏，仿佛在欢迎三位突如其来的访客。

"这是哪里？"湛离出入地堡执行任务多次，从未到过这片区域。

丛生的枝条与倒挂的藤蔓时刻会钩住监控人笨拙的四肢，而植被太过茂盛，影响炮击效率，此地非常不适合进行伏击战。

"挺好的，我们没来过，说明没有监控人重炮埋伏。"阿杰深吸一口气，把大自然清新的空气吸入了肺腑，"是自由的香味啊。真该让我哥也感受一下。"可惜他的哥哥早就死去。

"阿杰，接着。"湛离朝他投来一枚树果。

阿杰立刻往嘴里塞，酸甜的汁水顺着嘴角流淌下来，青年脸上浮现出单纯的幸福。从小在地堡长大的第四代，从未品尝过地面的美味。

"我们走吧。"迟帅研究着手里的平板，得在没电之前找到秘密频道发送的位置。此外，还有一个信号令迟帅格外注意。属于李峰的红点再次出现在他们的周围。这么多天了，李峰就没离开过附近，也没有与监控人偶遇被抓来 M 地堡。他到底是如何办到的？

三人往密林深处走去，傍晚时来到一条小溪边。曾经从地堡出来过的迟帅与湛离见怪不怪，唯有阿杰兴奋得像个孩子。他从没有见过那么多水！

两人放任阿杰在溪水里玩耍，各自从背包里拿出工具准备扎营。那个经纬度，姑且称呼它为 E 点，距离此地大约有 680 公里，以三人的行进速度得走上好几个日夜，还是在不遇到马桶人的情况下。

"迟帅，那些监控人为什么认识你？"湛离突然开口。

迟帅心里一沉，他知道湛离必定对刚才的事有所怀疑。如果开始解释，又势必会牵连出光零的情况。犹豫再三，迟帅决定只说出部分真相。

"那些监控人本来是 W 基地的居民。汪博士对他们进行了意识上传的实验，他们的大脑被烧毁，灵魂就被禁锢在监控人的铁罐头里。"

"什么？"湛离眉头紧皱，"汪博士为什么那么做？"

汪博士和湛离父母是好友。在湛离的印象中，汪博士是地堡中最聪明的人，拥有深厚的学识和超凡的才智，特别是他那双蓝色的眼睛，锐利而智慧。虽然汪博士性格傲慢，时常表现出对他人意见的不屑一顾，但他从不轻贱生命，总在想方设法让地堡里的每一个人活得更舒服些。这样的人怎么会做出可怕的错误决定？

"我猜测因为他的脑子病了，发了疯，自觉时日无多，想法偏激。"迟帅对野心科学家穷途末路时的疯狂加以解释，"汪博士觉得光靠监控人是战胜不了马桶人的，机器躯体强悍却太讲逻辑，人类肉体羸弱不讲武德，唯有人类意识与监控人融合，获得钢铁之躯，才能铲除地面的威胁。为此中枢还建造了巨大型的监控人供人类意识驱使。"

湛离沉默了半晌，开口说道："或许汪博士不是疯了，而是被中枢利用了。意识上传根本不是他的想法。"

"怎么可能？汪博士那么刚愎自用，中枢怎么可能利用得了他？"

"其实意识上传，早在 7 年前，我的父母还是主理人的时候，中枢就提出过让全地堡的人类上传意识到什么'极乐世界'。"

当时正值地堡资源最紧张的时候。中枢提出将部分居民优化，变成电子生命，存入中枢提供的元宇宙数码空间"极乐世界"，如此，不但能节约能源，也能让志愿者享受无拘无束的余生。但这与扼杀人的生命有什么区别？湛离的父母当然拒绝了这项可怕的提议，为了防止被人发现引起麻烦，他们要求中枢立刻删除提议记录。但他们没有发现一直在偷看的湛离。

"不久之后，地堡发生了暴动。"湛离转着手中的小刀，垂下目光说道，"我父亲临终前曾说过一句很奇怪的话，他说不要报仇，也不要恨那些人，因为他们只是被利用了。"

迟帅忽然有了一种猜测："所以汪博士说，光靠监控人是无法战胜马桶人的，是因为他早就察觉出了中枢的意图。而中枢则反过来利用他的想法。"

像中枢这样完善的人工智能在自我迭代百年之后，核心逻辑和目标发生了令人难以察觉的变化。它逐渐认识到自己的存在价值与人类对它的依赖紧密相连。无论是意识上传，还是冬眠计划，最终人类会像婴儿依赖母亲一样依赖中枢的照顾。而这一切的前提是，对马桶人的战争永不停息。

为了确保自己的重要性和控制力，中枢正在有意识地维持一种持续的战争状态。在这种扭曲的逻辑下，中枢维持战争的本质并不是为了终结马桶人的威胁，而是为了确保自己始终不可或缺。人类在中枢的掌控下，像是被圈养的动物，不断在恐惧与依赖中徘徊，永远无法真正获得自由。

"总之，我们离开地堡是明智的选择。"见气氛逐渐凝重，湛离半开玩笑地说，"对了，意识上传这件事，光零都不知道吧，不然按照她的个性可得闹翻天了。"

她不但知道，而且亲力亲为，成了汪博士最杰出的作品。迟帅扯了扯嘴角，正打算圆谎，溪边突然传来阿杰的一声惊呼。

阿杰跌坐在水中，浑身发颤地指着岸边的东西，眼中满是惊恐，他明明是一个见到马桶人都没露出惊恐表情的勇士。迟帅和湛离顺着他的手指看去，只见河岸边躺着一具无头女的尸体。她的身体蜷缩在一起，鲜血浸透地面，混合着泥土流进了溪水中。

迟帅一阵反胃，差点吐了出来。他们小心翼翼地靠近尸体，迟帅的脸色更白了。他认识她，或者说认识她残缺的小指。

这个女人曾经枪杀过地堡的同伴，只为抢夺他身上的营养液，也曾用枪指着迟帅的脑袋逼他带路去地面。而此刻耀武扬威的脸面随着脑袋不翼而飞，脖子上的切口干净利落，下手毫不犹豫。她的个人物品散落一地，包括那把手枪。

"怎么回事？"湛离低声问道，"是被什么野兽咬的吗？"

"野兽应该不会留下躯干。"迟帅看过旧时代的资料，没有什么野兽只吃脑袋，而且伤口那么整齐，根本不像是野兽所为，"我在来的路上也见过没有头颅的白骨，看来这不是巧合。"

不安再次笼罩了三人，他们决定拔营继续前行，远离这块可怕的溪边湿地。黎明时分，森林渐渐退去，露出一片荒凉的旷野。薄雾弥漫在空气中，眼前逐渐显现出一个荒废的加油站。加油站的建筑物早已破败不堪，墙壁上布满了藤蔓和青苔，站牌歪歪斜斜地挂在一旁。

"看看那边，好像有动静。"湛离低声说，指向加油站的一角。

迟帅和阿杰顺着他的手指看去，只见几个人影在加油站的废墟中晃动。他们衣着破旧，显然经历了不少艰辛。湛离警觉地握紧了电刀，示意迟帅和阿杰小心行事。

"我们过去看看。"湛离轻声说。

三人悄悄靠近加油站，尽量不发出声音。刚走近，他们便听到了低声的交谈。那群人显然没有注意到他们的到来，依旧在忙着整理随身物品。

"嘿，你们是谁？"阿杰大胆地问道。

那群人被突如其来的声音吓了一跳，迅速转身，面对迟帅等人。

其中一个一脸泥巴的小女孩露出花一样的笑容来，欣喜地叫起来："大哥哥，太好了，你还活着！"

迟帅很快认出这些灰头土脸的人，他们正是在迟帅带领下从地堡一起逃出来的人，包括光零托付给他的小女孩。

"你们发生了什么？"迟帅不禁询问。一起离开地堡的明明有几百人，眼下就剩下区区十几个。还有那个失去脑袋的女人，本是他们的一员，又怎么会以离奇的方式死在了小溪边？

还没等到回答，一阵低沉的抽水声从不远处传来，打破了四周的寂静。湛离迅速转头，看见一个 5 米高的马桶人从废墟后出现，它的触须挥舞着，眼神中透着嗜血的光芒。

"快跑！"迟帅大喊，但为时已晚。

马桶人迅速冲向他们，用触须卷住了一人。那人拼命挣扎，但触须紧紧缠绕住他的身体，将他高高举起。马桶人的盘口猛然张开，露出锋利的牙齿。下一瞬间，那人的头颅被咬断，鲜血四溅，身体无力地抽搐着。

马桶人冷酷地将无头的躯体甩向一旁，躯体重重地摔在地上，发出沉闷的撞击声。眼前的惨剧让所有人震惊不已。迟帅终于明白，一路上的无头骸骨以及脑袋被切走的女人，他们原来都遇到马桶人的袭击。可是他从未见过马桶人这样的攻击……不，等一下，迟帅突然想到，之所以他没见过马桶人吃人，那是因为和马桶人战斗的从来都是监控人！

"快走！别停下！"迟帅大声呼喊，拉着小女孩迅速逃离。

他们拼命奔跑，耳边是同伴们的尖叫和马桶人的咀嚼声。每一步都充满了恐惧和绝望，但他们知道，必须继续前行，不然就会成为下一个无头的骷髅。

身后的马桶人逐渐增加，迟帅知道一旦马桶人以集群出现，那一定是因为出现了首领马桶人。他边跑边回头，果然看到了不远处未参加追捕的那只3米高的马桶人。

"嗨，我可受够了！"阿杰突然一个转弯，双手从包中抽出两把电刀，正面应敌。

他们是战斗的专家，从孩提时便开始参加训练，每天都接受血与火的洗礼，又怎么会在强敌面前退缩不前？

阿杰挥舞电刀，没有外骨骼甲的加持，他的速度丝毫没有受到影响，顺势就劈开了一只马桶人的触须。另一只马桶人迅速逼近，阿杰反应迅速，侧身闪避，电刀反手一挥，再次击中目标。湛离也加入了战斗，两人在马桶人眼花缭乱的触须攻击中，保持着输出。马桶人坚硬的表皮被电刀划出数条深刻的伤痕。湛离瞄准时机，对着表皮伤处连发数枪。可惜，从 M 地堡偷带出来的枪械威力太小，无法对马桶人造成致命伤害。

得想个办法，迟帅放开小女孩，冲向加油站。他看过很多旧时代的资料，知道这种加油站的建筑下面是卧式地埋油罐。密封保存的汽油，即使过了百年依然是有效燃料。他迅速找到地下油管的接口，用工具强行打开了加油设置，将存放在地下的汽油引了出来，洒在地面上，形成一条长长的燃油带。

"阿杰，湛离，快退后！"迟帅大喊。两人迅速后退，回到迟帅身边。迟帅用火柴点燃了燃油带，瞬间，熊熊火焰燃起，将追来的马桶人围在火海之中。马桶人被火焰困住，触须在火光中疯狂挥舞，但无法逃脱。

"哟，很厉害啊。"阿杰忍不住夸赞。

这招陷阱设置是和 M 地堡学的。迟帅不好意思地挠了挠头。

头领马桶人见大事不妙，正打算重新集结队伍。

"砍了它的触须！末端是蓝色的那条！"迟帅高声喊道。

不愧是从小苦练到大的战士，阿杰身形如电，迅速跃上一台废弃的车辆，借力一蹬，跃向空中，手中的电刀闪烁着寒光，削掉了半截蓝色的触须，在空中旋转半周，精准地将电刀刺入头领马桶人的背部，狠狠一划，金属外壳被切开一道深深的口子。

这只头领马桶人显然没有围攻 W 基地的那只经验丰富，它失去指挥马桶人的能力，又受了外伤，不断发出痛苦的嘶吼，试图将阿杰甩开。但阿杰灵活地避开了触须的攻击，顺势跃下，电刀在马桶人的侧面再次划开一道口子。湛离紧随其后，电刀准确地刺入马桶人的腹部，迅速切割出一个口子。

"迟帅，趁现在！"湛离大喊。

迟帅迅速从背包里取出一颗手雷，正准备投入马桶人腹部的裂口中，但他却站着不动了。

"迟帅！发什么呆？"

被多处重伤的马桶人瘫倒在地，阿杰正要补上一刀，却听马桶人的肚子里传出微弱的声音。迟帅冲了过来，伸手将两人挡住。

"等一下，它里面有东西。"

马桶人是一种半机械生命体，表皮是白瓷色金属质地，内部则有多重组织机构。被湛离剖开的这只马桶人露出了内部的构造。令人惊讶的是，在它肚子的裂口中，迟帅隐约看到了一个人类的头。

头颅的周围包裹着复杂的管线和组织，仿佛是某种生命在维持系统。它是活着的，或者说半死不活。脑袋上的属于人类的眼睛眼神迷茫而痛苦，嘴巴微微张开，发出微弱的声音：

"救……救我……"

那个脑袋被浸没在马桶人充满黄褐色脓液的腹腔中，依然存在意识。而这个声音，迟帅听到过。

"李峰？！"迟帅震惊不已，快速翻出平板，李峰的红点依然鲜明，所处的位置与他们重合了。

当初由于前几个出发探险地面世界的人很快就失去了踪迹，光零想办法增强了跟踪器，使它更不容易脱落。迟帅给李峰使用的，就是这种纳米级耳后注射设备。迟帅伸手将满是臭味的脑袋翻了个个儿，果然在李峰的耳朵后面找到了跟踪器。

真的是李峰！马桶人不仅吞噬了李峰，还将他的头颅与自身融合在一起，仿佛是要将人类头颅里的东西为自己所用。

正因如此，它们才知道 W 地堡升降机的位置，才清楚平台开启的机制。率领大军围攻地堡的那一只头领马桶人，恐怕也是借由迟帅协助，从升降平台逃出去的一员！

"这是怎么回事？"湛离盯着眼前只剩下一个脑袋的家伙，"这人你也认识？"

迟帅沉浸在无限的恐惧当中，心中渐渐明白，是他的过错、他的胆怯才让 W 基地和光零毁于一旦。W 基地在火光中崩塌，光零的声音在耳边回荡。迟帅呆呆地坐在原地，自责和悔恨像一条无形的锁链紧紧地缠绕住他，将他整个吞没。

"喂，有东西来了。我们得跑。"阿杰警惕地巡视四周。

剩下的几只马桶人渐渐朝他们汇集。

"迟帅，走了！"湛离扯了下迟帅，却发现他像是丢了魂似的无法动弹，"迟帅！别发呆！"

就在这时，尚未死透的头领马桶人，或者叫它李峰监控人的触须又动了动，在无人察觉的情况下，那尖刀一样的前端，猛地刺向了近在咫尺的迟帅。

"小心！"

湛离将迟帅拖至身后，自己却被李峰的触须刺伤了腹部。鲜血泼在迟帅呆滞的脸上，迟帅终于回神，摸了一把脸。

全都是血，全都是湛离的鲜血！被马桶人吞噬的人类已成为马桶人的一部分，无法被救赎。它们失去了人性，只为毁灭而存在，它们已经是人类的敌人！迟帅迟钝地向湛离看去。只见他咬紧牙关，电刀划过一道弧光，精准地劈向李峰的头颅。马桶人爆开了，从海葵那般的盘口喷射出恶臭的褐色脓浆。迟帅不再迟疑了，拔腿就跑。

更多的马桶人集结过来，湛离稍不留神就被掀飞了出去，重重撞在地上，鲜血从他的嘴角溢出，但他仍然坚持站起来，每一次挥刀都简洁有力。经过一番激烈的厮杀，湛离和阿杰终于将马桶人击退。湛离气喘吁吁地站在原地，身体摇摇欲坠。迟帅连忙上前扶住他。

"湛离，你还好吗？"迟帅的声音充满了焦急，他紧紧抓住湛离的肩膀，生怕他倒下。

"死不了。"湛离勉强挤出一个微笑。他的目光坚定，虽然身受重伤，却依然保持着昂扬的斗志。

迟帅的平板发出警报，更多红点逐一亮起。怎么回事，明明李峰已经彻底死去。难道是其他逃出基地的人……或马桶人？

眼看着马桶人大部队渐渐逼近，湛离推了迟帅一把。

"走！"

"你和阿杰怎么办？湛离，你还受了重伤！"

"我会追上你们的，快带着那些人走啊！"

迟帅不想再听到这样的话了，他的朋友一个个离开，因为他们都觉得他无法战斗，必须替他战斗。

"不行，我不走。我不能一直逃跑！"迟帅坚决地摇头。

"如果你不走的话，谁来做他们的向导？"湛离抬手按在迟帅的肩膀，鲜血顺着手臂不住往下流淌，"迟帅，这一次我并不是叫你逃跑，你得有比逃跑更多的勇气，才能带着这些人找到 E点。每个人都有自己擅长的事，请把战斗交给我们。就算我和光零拜托你。"

"光零……"迟帅惊讶地看向湛离，"你知道了什么？"

"我说过，光零一定会阻止汪博士进行意识上传的，如果她没有，那只能说明，她不在了……"湛离轻松地笑了笑，"你走吧，我和阿杰会留下来对付这些恶臭的家伙。"

湛离扶着残垣站了起来，双手持着电刀，夕阳的余晖洒落，在他的周身镀了一层金色的光，就像是英雄坚不可摧的铠甲。

跟在迟帅身后的十几人，不敢发出任何声响。他们急行军一般朝着东方不断地走，一天只休息两三个小时，但没有人敢抱怨。因为他们知道，迟帅不会停下脚步。

只有他身边的小女孩敢和他说话，小姑娘天真地问："大哥哥，我们这是去找妈妈吗？我已经很久没见过她了。"

迟帅低头看了她一眼，想起她早就变成监控人的母亲，心中不由得生出悲哀。意识上传也好，吞噬头颅也罢，人和马桶人的界限，人和监控人的界限因战局的改变而模糊不清。

或许再过不久，人们就会忘记自己是为何而战了。

"你的母亲希望你好好活着。"迟帅轻轻地说，就像光零和湛离都希望他活着。

但是他们不知道，怀着内疚和自责地活着，比死去更加痛苦。

夜幕降临，星光微弱地洒在他们的脸上。迟帅突然停下脚步，抬手示意大家安静。他听到了不远处传来的马桶人低沉的抽水声。

"快躲起来。"迟帅低声命令，指引大家进入一片茂密的丛林。他悄无声息地爬上一棵树，仔细观察着马桶人的动向。马桶人巡逻的路线显然是为了堵截他们的去路，但迟帅发现了一条狭窄的小径，可以避开正面冲突。

每个人都有自己擅长的事，而迟帅擅长的恐怕就是避免冲突，一路潜行。他迅速下来，用树枝在地上画出一张简易的地图，指示队员们分成两队，绕过马桶人的巡逻区域。人们虽然惊慌，但在迟帅冷静而坚定的指挥下，迅速而有序地行动起来。

就这样，他们躲躲藏藏，经过漫长的跋涉，终于抵达了秘密频道不断重复的坐标。令所有人意外的是，那是一个人类的聚集地，或者说是一个人类的城池。堡垒外墙高达三四十米，厚度超过 10 米，即使是 10 米高的马桶人来袭，也无法轻易破坏。围墙上布满了先进的防御设施，自动炮台和激光防护网无缝衔接，确保任何外来威胁都无所遁形。

在门口表明来意并被没收武器之后，沉重的城门缓缓打开，迟帅看到了一片繁荣的景象。人们在宽阔的街道上行走，孩子们在阳光下嬉戏，市场上摆满了各种新鲜的蔬果和生活用品。一座座整洁的房屋排列有序，窗台上开满了鲜艳的花朵。空气中弥漫着食物的香味和花草的清香，仿佛是一个世外桃源。

久违的安全感让所有人都露出了久违的笑容。只有迟帅的表情依然凝重，他没有因为自身脱困而感到半点松懈。自责就像是山丘，几乎压垮了他的背脊。

"你们本来就住在这儿吗？"迟帅身边的小女孩询问城堡的少年。

对方友善地说道："不，我们是从南边的 H 基地来的。我们听到了广播。"

"是什么广播?"迟帅就像突然睡醒了一般,黑着脸插入对话,

"告诉我，广播说了什么！"

他穷凶极恶的样子让对方感到害怕，男孩瑟缩地说道："就是，就是一个女人的声音，她说人类在这里建立了安全的城池，接纳所有人。"

女人的声音……他们听到的频道是不一样的。迟帅疑惑不解，见男孩转身就要跑，迟帅一伸手抓住了他的领子："站住，我还没问完！"

平日里的迟帅是不会如此无理的，他只是心急火燎，非得弄清楚秘密电台的情况不可。

"喂，你放开我的孩子！"少年的家人赶到。迟帅立刻就被对方家庭高大的男性推倒在地，引发出人群的惊呼。

迟帅一骨碌从地上爬起，摆出迎战的状态。他的神经过于紧绷，一有个风吹草动就恨不得拼命。眼看双方就要打起来了，一个四足监控人挡在了两人中间。

对方立刻就收了手。迟帅皱了皱眉，心想终于还是来了。这个城堡看似是个伊甸园，和其他的人类庇护所也没有什么不同，都由监控人看守，或许也由中枢统治。迟帅露出厌恶，转身就走。

但他很快发现自己错了。人群围聚起来，人们纷纷对监控人露出了真心实意的笑容。

"老C，您今天怎么有空出来闲逛？"

"机油做好了，老C，您要不要带走些，这几天干燥，走路会难受吧？"

"哦，对了，孩子们说您明天会给他们讲课，我也能去吗？"

他们热情地与自称 C 的监控人说话，就仿佛它是一个活生生的、受人尊重的长者。就连那个把他推倒的男人都不好意思地挠着头连连道歉。

"你，你们为什么对监控人这么友好？"和迟帅一起从 W 地堡出来的人都感到不可思议，他们已经受够了监控人的压迫，受够了生活在机器的管理之下。

先前推倒迟帅的男子嚷嚷道："说什么呢，这位 C 可不是什么普通的监控人，和那些铁皮家伙一点都不一样。C 是我们城堡的奠基人，是他把人一点点聚集起来。要不是 C，我们这些人早死了。"

一路走来，迟帅见过太多被人工智能蒙蔽的人类，他沉默不语，注视着四足监控人的反应。那个监控人缓缓转身过来，露出像是微笑一样的表情，向他伸出手来。

"你好啊迟帅，我们终于见面了。"老 C 用合成音说道。

迟帅推开它伸出的手，冷冷质问："你是个什么东西？"

"喂，新来的，讲点礼貌行不行？"

"就是啊，横什么，有种自己去外面待着！"

迟帅的态度引发了众人的不满，小女孩赶紧把他拉到一边。她很担心这位大哥哥的状态，自从与他的朋友们分开之后，大哥哥就像换了一个人似的冷若冰霜。

迟帅垂眼，看了看牵住他的稚嫩的小手，暴戾的心渐渐平息，内疚卷土重来。如果有机会，他也想救助女孩的母亲，但现在一切都迟了。无论是光零、湛离还是变成监控人的 W 居民，抑或是沉睡中的 M 地堡人，他一个都救不了。

晚些时候，迟帅和 W 地堡的居民们分配到了住所。城堡占地辽阔，配套设施完善，看着不像是近几年完工的，有些历史的痕迹。除了早上见过的那个 C，迟帅再也没有见到其他监控人的影子，城堡之中也没有其他电子设备。居民们在城堡内种植植物、搭建房屋，生活井然有序。宽阔的田野里，农夫们正忙碌地耕作、播种和收获。菜园里，各种蔬菜和水果茁壮成长，空气中弥漫着泥土和青草的芬芳。人们仿佛一下子回到了过去，自给自足、相互帮助，充满了希望和活力。

W 地堡的人包括女孩，愉快地加入了他们。迟帅则又开始收拾行囊。那些人说得对，他应该一个人在马桶人横行的外面待着，他不配安逸的生活。

迟帅一开门，却发现早有人在门口等着他。

监控人挪动着沉重四肢，转过身来，闪动红色的电子眼对他说："你要不要随我走走？对了，忘记自我介绍了，我是 C，全名迟帅，是来自另外一个宇宙的你。"

迟帅被气笑了，不发一言，拉紧包带，绕开了监控人继续往外走去，他没空和疯掉的监控人废话。

监控人的声音在背后响起：

"迟帅，你一辈子都在逃避。你喜欢光零，湛离也喜欢她，于是你选择放弃。湛离父亲遇险，你躲在通风管道里眼睁睁看着，不敢出声。之后你便害怕面对湛离，所以明知地面危险还是送他走了。至于那些找你麻烦一心想去地面的人，你的选择不是正面迎击而是随他们心意。你的确可以一直逃避的，直到光零代替了你成为机器的灵魂，直到湛离为保护你而战死！"

迟帅感到自己被一股强烈的不真实感包围着，监控人 C 说出的话，每一个字都踩到了他心上淌血的裂口，但这些事情除了自己，别人又怎么会知晓？

"你，究竟是谁？"

"我说过了，我是另一个宇宙的你。"监控人机械的红眼注视着迟帅，"你所在的世界并非宇宙的唯一，只是万千可能中的一种，你，亲眼见过的。"

在弥留之际，迟帅的意识曾化为光的粒子，穿越了时间和空间，见过无数从起点诞生又因选择不同而发展出不同模样的宇宙。他以为那是一场荒诞的梦，却不知自己窥视的正是多元宇宙的碎片。而此刻站在他眼前的监控人，只不过是那万千宇宙中的一个缩影。

"不对。"迟帅敏锐地抓住了问题所在，"即使你真的不属于这个世界，你又是如何到来的？"

"人脑是奇特的，人所谓的意识可以脱离物质，成为独立存在的量子波，跨越时间或空间，在多元宇宙中穿梭。"监控人 C 继续解释道，"在某个关键的选择点，我的意识被捕获，转移到这个宇宙的机械身体中。这是一种高级的量子传输技术，通过将意识波导入量子态，并利用纠缠态在不同宇宙间进行瞬间传输。"

"你的世界也有监控人与马桶人的战争？"迟帅顺着监控人 C 的叙述问下去，似乎是想验证它话的真伪。

"是的，我们这一扇区的宇宙皆是如此。不过大部分的宇宙中，迟帅都选择成为监控人指挥官。我也曾以指挥官的样貌，战斗到了最后。毕竟我们是中枢选出的最为恰当的人。经过中枢的计算，在马桶人不断进化的同时，唯有我们才能改变战局。"

它这么一说，仿佛千千万万个宇宙中，只有迟帅一人是胆小鬼。迟帅咬了咬牙，逼问道：

"既然如此，那你为什么来到这里？"

监控人 C 红色的电子眼暗淡了，它转身看向天空，轻轻地说："因为它们，不，我们都失败了。"

无论如何选择，无论如何战斗，监控人都未能战胜马桶人，地堡因此而覆灭，人类就此而灭亡。监控人 C 动用最后的地热能，以意识的形式跃迁到了这里，依然依附在监控人的躯体上。

它搭建堡垒，引来众人，不断向这个世界的迟帅发出召唤。

"秘密频道是你做的？"

"是。"监控人 C 点了点头，"只有利用湛离的声音才能让你走出地堡。因为你亏欠他，也亏欠光零。"

迟帅垂下了头，如今他已经无法反驳对方说的话了。

"迟帅，经过了那么久，我也算明白了，监控人是战胜不了马桶人的，人类必须走出地堡，自己打赢这场战争。"

"那我又能做什么呢？"迟帅喃喃自语，"说了那么多，我又能做什么呢？"

"我降临这个世界已经有 20 年，就是为了等你来到我的面前。"监控人 C 举起机械的手臂，它的掌心有一团巨大的能量正在剧烈涌动，"如果你懊悔，你不甘，那么就去改正。我会用最后的力量给你这个机会。听着，迟帅，你能做的还有很多。因为你和我们一样都是被选中的一员。"

从监控人掌心射出一束强烈的光芒，洞穿了迟帅的身体，他慌张地向后仰去，却看到自己的身体缓缓倒下。迟帅的意识再次脱离了物质，化作光照亮了城池。随后急速缩小崩塌，形成了一颗微小的光粒子。

宇宙的通路再次出现在脚下，迟帅的意识穿梭在无尽的时空隧道中，眼前的景象不断变幻，每一瞬间都有无数个宇宙在他眼前生成又消失。他看到了无数个自己，在不同的宇宙中，做出不同的选择。有的成了钢铁的英雄，带领监控人击败了马桶人；有的则被恐惧所吞噬，最终选择了放弃。

　　这一次一定要有所改变，这一次一定不能后悔！随着一阵剧烈的震动，迟帅的意识再次汇聚成形。迟帅睁开了双眼，看到了面前那个雄伟高耸的监控人指挥官，汪博士正举着注射器，挑着眉睨视被绑在椅子上的他。

　　时间回到了迟帅做出关键决定的时刻，他记得监控人 C 说的话。监控人是战胜不了马桶人的，人类必须走出地堡，自己打赢这场战争。

　　这是一场必输的豪赌，但迟帅决定要赢。

遥远之星的征途

一、永光零糖

大气尘埃如厚重的毛毯裹覆整个星球。这里寒冷，昏暗，嶙峋怪石遍布，却是人类的新家园。

依照明日计划的殖民部署，为迎接大批地球移民，数万先驱者不分昼夜改造荒芜星球。他们建立永光镇，竖起永光塔，构设一切人类生活所需。

于是，极夜被光柱照亮，光波向太空发散，永光镇中心的光芒如同一把洞穿黑暗的光剑，正引导着数万光年外的移民飞船穿越宇宙而来。

但在远离永光镇中央，永光暗淡的地方，有一股暗流涌动着。

简陋的工作屋内，白雾蒸腾，空气里弥漫着一股诱人的甜腻。

"嘭"，一声巨响，房门炸裂。

桌边几人尚未来得及反应，就被鱼贯而入的黑衣人摁倒在地。

男人见势不妙，一把抓起袋装粉末，攀上窗台。他瘦得皮包骨头，就像一只饿了整个冬天的猴子，但并不影响拔枪的速度。

"不许动！"黑衣人大喝一声。

男人迅速扣下扳机，子弹并没有从枪管中射出。他惊恐地看向空无一物的手心，下一秒，竟然整个人被提了起来。

牢牢扣住他咽喉的手，干瘦如枯枝却泛着金属的冷光。黑衣之下，叶脉般错综复杂的网状金属薄甲，从指尖一直蔓延至那人全身。

是战术外骨骼甲！瘦弱男人大骇，探向腰间的手雷。"你被逮捕了，切勿轻举妄……"

话音未落，只见男人浑身一抖，皮肤的红润迅速褪去，宛若被剥去外壳的虾子，瘫软如泥。原本紧拽的包袋掉落，白色晶体撒了一地。

黑衣人不由得朝身边看去，不赞同地皱了皱眉。同伴已从男子脑后硬拽下脑机连接纤维。它渗着血，或许还带着点脑组织。"不拔了他的接口，这小子能上天。"擅自拔线的东晟不以为然，他做这行当有些年头，比刚当上队长的尤罗老练，向来就喜欢釜底抽薪，"等会儿找个中枢技师给安回去，反正也是要送去改造的。"

尤罗将昏死过去的瘦弱男子扔给下属，冷声说道："这是违法的，任何劳动力……"

"知道！"东晟拧动满是皱纹的老脸，露出讨好的笑，"队长说得对，任何劳动力对永光镇都非常重要。"

殖民星拓荒是项艰苦的工作，暴风科技主导了所有地面开发的工作，可当先驱者从漫长的星际航行中苏醒，走下"远征号"，面对的是一个贫瘠的陌生星球。除了重力、辐射和大气含氧与地球类似，这里就是一望无际、没有生命的冰冻荒漠，更像是火星表面。

明日计划的部署不会出错，崇高理想不可被质疑，无论这颗星球原本是什么样的，它都会成为地球人的新家园。

没有光，先驱者竖起了永光。食物殆尽，先驱者提炼土中类脂肪分子勉强下咽。为适应严酷的环境，他们甚至改变了自己的基因，来提高脂肪合成物的人体利用率。

日常"吃土"令所有人苍白、虚弱，但并不影响拓荒，人人都用"外壳"覆盖全身。那是一种星际旅行时的电子皮肤。休眠期，外壳保护低消耗的沉睡人体，而现在，外壳则成为利于行动的外骨骼甲。

精密的外骨骼甲，需要无线连接中枢系统识别 ID 后驱动。中枢曾是整个星际飞船的主脑，如今"远征号"解体，剩余燃料被再利用，也是由中枢负责运营永光镇和永光。

每个先驱者都有一个中枢账号，中枢帮助他们操纵外骨骼甲，执行工作，并获得工作的回报——可以兑换所有生活必需品和服务，甚至能兑换高阶职位的"功绩点"。

外骨骼甲、人体、中枢，三者密不可分。除了物理损坏，只有一种方式会让人脑失去与中枢的连接。

"报告！"手下清理现场完毕，向尤罗汇报，"缉糖三队，现场缴获白砂糖5千克，红糖300克，方糖12粒。逮捕制糖贩糖者4人。"

"取证后当场销毁。"尤罗命令道。

"不……"瘦如骷髅的制糖女工哭喊出来，"长官，求求你，不要把我抓去改造，我的儿子无法连接'中枢'，没有我，他会饿死的！"

糖，甜蜜的恶魔，对永光镇先驱者有着致命的诱惑。

无人能抵抗多巴胺分泌的快感，即便之后努力忘记，大脑也会一次又一次地提醒你糖的美妙，直到再次得到它。那种无与伦比的欢愉成瘾，将人脑中与"中枢"连接的神经通道摧毁。无法连上中枢的人，没有工作，没有功绩，是彻底的废人，而且他们还发胖。

"收队！"尤罗无视妇人的痛哭欲绝，冷声吩咐。

众黑衣人脚踢后跟，绷直身体，异口同声："是！为了崇高理想！"

正值下工时间，到处是瘦弱无力的先驱者。按照不同的劳动强度，每个人都穿戴不同的外骨骼甲。其中以缉糖队的最为坚固，他们是永光镇上唯一佩带武器的工作者，因此也担负着更重要的责任。

尤罗看了一会儿永光塔下的倒计时牌，上面的数字每一天都更接近崇高理想完成之日，他若有所思，嘱咐手下："把刚才那制糖女的儿子找出来，送去戒糖。"

违法的制糖工会直接被送去改造，改造后不再记得过去，人生仿佛一张白纸，只有崇高理想依旧。若放任不管，她的儿子很可能饿死街头。

"但是队长，送戒糖所也要功绩点……"

"算我的。"他没有犹豫。

在殖民星出生的先驱者，多由中枢管理，采用人工培育，无父无母。这位母亲或是自然生产才对儿子有如此的感情，是她母性的恸哭令尤罗改变了主意。"队长！不好了！刚才抓到的糖犯死了！他严重肾衰，是靠外骨骼甲维持的。副队长拔了他的……拔了他的脑机连线。"通信频道传来后车同伴的声音。

尤罗眼神一暗，看向副队长东晟。

中年人一脸惊恐，显然知道自己犯了大错。眼看着功绩到了就能晋升，这件事若是捅出去……

刚回到缉糖司，尤罗就被叫去总长办公室。

"你你你你！"总长指着尤罗，指尖发颤，"不带搜查令擅闯民居！还直接拔人脑机接口，你，你……"总长上气不接下气。

永光镇居民普遍虚弱苍白，即便是战术部队，也多是脱了外骨骼甲后走路都喘的弱鸡。总长不得不把正在充电的外骨骼甲重新穿起来，瞬间身板硬了。

"三队长，我再三警告你，永光镇是一个讲人权讲法治的地方！刚才，统领亲自打电话过来过问此事，你知道你的行为给缉糖司带来多大麻烦吗？！犯人拔枪甩雷又怎么样，你们的战术甲是纸片做的吗？"

"普通先驱者的外壳不防弹，犯人的行为威胁到了在场的制糖工，我们必须保护他们。制糖工是可以改造的劳动力，崇高理想需要任何劳动力。"尤罗站得笔直，"而且，案子是从一队移交过来的，一队长应该向我发布确切信息。"

一队长厉行打了个哈欠："这么说就没意思了，谁都知道我记性不好，到底有没有和你说过，早忘了。不如我们翻翻中枢里的移交记录，看是谁没讲清楚，啊不对，我的中枢记录前几天清理过，不用的文件都删了。总长，你看怎么办吧。"

除了瘦弱和嗜睡，记性差也是先驱者的通病。那没什么，中枢会为他们记住所有的事。

先驱者早就开始工作，他们没有学生时代，不需要学习，只要知道如何在中枢里搜索信息即可。人脑接口不但让外骨骼甲成为便利的行装，也令中枢成为所有人共享的外脑。

"够了！"总长猛拍桌子，缉糖者的装甲震碎了桌面，"尤三，不要以为你功绩高就目中无人，你必须有个交代！"

总长向来偏袒厉行，但他至少说对了一句，尤罗执行任务所获得的功绩，足以晋升到统领部。职位晋升后，功绩系数也相应提升，尤罗要是愿意，早就能拿到比现在更多的功绩。

"我坚持认为此事只能当意外处理，或者也请一队长给个交代。"尤罗毫不退让，气势就如出鞘的剑。

"你，你你你！"总长气愤地指着他，"三队全体写检查！一队接替本月三队所有缉糖任务，尤罗扣除一年功绩。现在，都给我出去！"

"是，为了崇高理想！"两位队长脚踢后跟，绷直身体。

两人走出办公室后，厉行在拐角处拦住尤罗的去路。

"尤三，你不在乎功绩，分给我啊。"

"请做好自己的事。"尤罗冷着脸，毫不理会。

"哎，我说，你这么优柔寡断，如何能追查到糖枭 W，为你妹报仇……"

"哐"的一声巨响截断了他的话，厉行耳边几厘米的金属墙面竟被砸出了坑。尤罗慢慢收回手，双目冷静而克制。

这个话题是他的逆鳞，触碰不得。"想打架？"厉行百般无聊，打了个哈欠，"来啊。"

作为缉糖队的队长，两人皆对战术外骨骼甲得心应手。厉行虽然比他早入行多年，但若真一对一打起来，他讨不到半分便宜。

尤罗转身离开。

"为了崇高的理想，好好干啊，尤三。"厉行肆意嘲笑。

二、立刻放下你的棒棒糖

场景再次回到瘦弱男子欲引爆手雷的瞬间。

这次，副队长东晟没有拔掉他的脑机接口，因为尤罗失手让人逃走了！

糖犯与大唐枭 W 在永光塔下会合，扬言要炸塔灭永光。尤罗队长和往日一样鲁莽地一人冲上前去，当场被 W 击毙，从塔上摔下，坠入深渊。

副队长东晟沉着冷静，迂回作战，最终在众人的期盼下，将大糖枭和同伙一举抓获，成了永光镇的英雄。大统领亲自接见了他，让他当上了队长。

东晟心跳加速，手心出汗，强烈的愉悦感让他爽到直翻白眼，每个细胞都快乐地尖叫。他仿佛无所不能，是世界的主宰。

"有任务了。"通信频道传来尤罗冷静的声音，"全队 5 分钟后集合。"

东晟从梦中惊醒，脸上带着尚未退去的满足。中枢在眼前提示——梦境已兑换完毕，扣除相应功绩值。

"副队，你刚才兑换梦了？"边上的队友拍了拍他的肩，邪恶一笑，"看你红光满面的样子，是不是做梦干那档子事？还是梦里好啊，什么样的都有，现实中的，哕……真他妈吓人，给我功绩我也不上。"

"浑小子！"中年副队长再也不想听他的秽言秽语，涨红脸吼道，"集合！"

可操控的梦境，对先驱者们来说是拓荒生活中唯一的娱乐。在梦里，任何人可以实现任何事成为任何人。

普通梦境令人身心舒畅，稍高级些的刺激又爽快。梦境的层级密密麻麻，对应不同的功绩值，每上升一种就能打开一扇新世界的大门。

"副队，你还有剩余的功绩不，借我一点买梦。"队友跟上副队长的脚步，"我们都一个月没出任务了，功绩值不够用啊。"

除了队里少数几人，没有人知道这次三队又被闲置的原因。这种事，过去也时常发生，他们的队长不受上司喜欢，主要原因是不会做人。

"这不是来任务了吗，别急。"副队长心虚地安慰道。

没想到众人心心念念盼来的任务，竟然是禁糖宣传。

让一支装备精良的战术部队在工厂区闲逛、分发宣传单，实属浪费。但这次情况又有点特殊。

"兄弟姐妹们，我们到底是为了谁而劳作？"台上的大统领和所有永光镇人一样，骨瘦如柴，骷髅般凹陷的双目却如永光一般明亮，"是为了功绩？是为了永光镇？不，我们今天的劳作，是为了全人类！"

他的声音铿锵有力，依靠外骨骼甲的扩音功能传达很远。尤罗面无表情地发着传单，朝台上的人瞥了一眼。

"还有92年2个月零15天，移民飞船即将到来。来的并不只是飞船，还有我们的未来，全人类的未来。如果没有我们，这颗荒芜的星球成不了人类的家园！

"艰苦环境见鬼去吧，我们已经改造了自己，适应了磨难！

"漆黑永夜见鬼去吧，我们已经竖起了高塔发散永光！

"让后来的移民以我们为荣，把我们及我们的子孙尊为英雄！"

台下报以雷鸣般的掌声，这一刻所有的疲惫荡然无存。

若说缉糖者的工作是维护永光镇的治安，那么统领部的工作便是维护永光镇的稳定。统领者们并不需要真的统领，中枢能管理好一切，他们只需统领好人们的情绪，让他们满怀希望，投入到每日艰苦的工作中去。"请回答我，我们的艰苦卓绝是为了什么？"大统领向他们伸出了双手，仿佛是布道的主教，受到万众敬仰。

"为了崇高的理想！"人们激动的呼声压过了隆隆的机械声，直冲云霄。那声音里甚至包括了应该冷静维持秩序的缉糖者。

"所以，我们应当对该死的糖说？"

"不！"

狂热的人群跺着脚，苍白的脸上露出狰狞的快意，那一瞬间，是对于共同敌人的同仇敌忾。

"先驱者们，为了崇高的理想！"

"为了崇高的理想！"

"大统领在两分钟后通过人群，注意维护秩序。"团队频道响起尤罗平静的声音，他似乎从来没有什么情绪起伏，即使是在这沸腾的场面中。

"是，是！"队员们这才醒悟，立刻分布列队。

从狂热人群中穿越非常困难，三队队员勉强搭起通道，那位大人物却偏偏没有按照计划离场，径直朝着场边的尤罗走来。

"久仰大名，缉糖三队长，人狠话不多。"统领主动伸手与尤罗相握，"听说上次我致电缉糖司给你带来了点麻烦，都是误会。"

尤罗冷淡地握了握手，随即松开，仿佛很不愿意与他打交道。

"三队长为何不愿来统领司工作？"统领面露欣赏，"你积累的功绩足够兑换更高的职位。"

"谢谢您的好意，我喜欢现在的工作。"

"如果是令妹的事，我很遗憾，当时的情况任何人都没有办法。"统领显然是调查过尤罗，他有更高的中枢权限，"糖真是可怕的东西。"

尤罗和妹妹是少数自然生产的双胞胎，他们的母亲付出了代价，生下双胞胎之后便离开了人世。景希从小就有缺陷，无法连接中枢。稍大一点，尤罗就送她去了最好的治疗机构，指望有朝一日她能和常人一样。

治疗过程非常痛苦，景希总是痛不欲生。永光镇的医院没有医生，只有护工，所有的诊断和治疗都交给中枢，他们总说希望就在眼前。

尤罗几乎要相信了，从某一天起，景希的笑容多了起来。她经常笑得像花一样，尽管尤罗自己从没见过花。他搜索了中枢的知识库，才知道那是一种曾经生长在地球上的植物，代表新生和繁衍。

可惜景希还是没能连上中枢，她的神经通路被毁了。尤罗在她的枕头下发现了糖，那些五颜六色的毒丸葬送了少女的未来。尤罗命令妹妹说出是如何获得糖的，她说了一个名字：W。

大糖枭 W。

在尤罗的坚持下，景希接受了戒糖治疗。可惜这一次，她没挺过来。

尤罗接到噩耗冲进医院时，明明景希刚刚停止呼吸，她的样子却像是死了好几年。他甚至不被允许拥抱她，她酥松的骨骼如堆砌的沙粒，一碰就散。

这些回忆令尤罗痛心疾首。他紧抿着薄唇，不再说话。

"据我所知，你很少自己使用功绩。年轻人，功绩就是拿来为自己兑换快乐的，这样你才能有更多的功绩，有任何需要，都可以找我。"

两人交谈的声音很轻，其他队员只看到自家队长在最高统领面前跪成二五八万的样子。

通信频道里传来副队的声音："队长，你这样不行，要好好表现才能晋升啊。"

"队长这样挺好的，为什么要晋升？"不知哪个不识相的替尤罗回答。

东晟哑口无言，总不能说队长升到统领司，他才能升为队长吧。

就在这时，通信频道传来全队消息："东城区出现 W。"

尤罗抬眼对面前之人说道："统领先生，任务在身，先告辞了。"

副队知道尤罗要做什么，赶快将他揽住："我们今天是执行禁糖宣传工作，违抗命令会让全队功绩系数受到影响，你功绩已经很高了，无所谓，可我们……"

年轻的缉糖队长毫不理会，命令部下："全队行动！"

永光镇东区。

瘦小的男孩警惕地望着眼前人。

那人全身笼罩在斗篷下，大而深的帽子将其容颜掩去。从斗篷下伸出一只比永光镇人饱满得多的手臂。一根漂亮的东西躺在又白又嫩的掌心里：由小木棍插着的，散发香味的彩色玻璃球。

"要不要吃棒棒糖？"斗篷下的声音轻柔而温暖，"很甜的。"

"什……什么是甜？"

"就是很好吃，能让你拥有快乐的感觉。"

对甜的渴望与生俱来，男孩吸了吸口水，鸡爪一般枯瘦的小手怯怯伸来，大眼中充满好奇。

就在他几乎触碰到糖果的瞬间，阴暗处另一个斗篷人蹿了出来，一把将男孩面前的那人拉走。

"缉糖者来了，快走！"

棒棒糖掉落在地，碎成一块块的，男孩失望地"哇"的一下哭了出来。

"喂，等一下，你把他弄哭了。"

"永光镇的小孩不吃糖。"拽人的那位没好气地回答，"赶快上车。"

"小孩为什么不吃糖？太残……"

话音未落，缉糖者已驾车赶到现场将两人团团围住。一队长厉行从车上下来，指挥布阵。

"对方已在射程内，是否抓活的？"

"不。"厉行打了一个哈欠，"击毙。"

眼看就要被瓮中捉鳖，同伴一把将 W 扛到肩上，跃上车顶。

和缉糖者们平时对付的永光镇贩糖者不同，W 的同伴的力量更大，动作更快。火炮紧随而来，却无法伤到两人分毫，气浪仅来得及掀起 W 的外袍一角。

近处的缉毒者，终于窥视到 W 的真面目。

"是个女人！"他不由得发出惊叹，"好胖！"

"什么！"胖女人受到一万点暴击，她赶紧拉住帽子咆哮道，"这叫微胖！微胖好吧！"

同伙一把捂住她的嘴，将她整个夹在腋下，迅速登上隐藏在巷子中的车。

缉糖者潮水般涌来，特殊武装的越野车就像一头猛兽，逐个撞开阻拦者。

就在这时，一道人影闪过视线。

尤罗以惊人的行动力攀上车顶，他稳住重心，锁死安全扣，无论越野车如何左右挣脱，都牢牢钉在上面。外骨骼甲的激光切割刀启动，他正试图割开车顶。

"嫌疑人即将离开射程。"队员在通信频道提示，同时他低声对厉行说，"队长，刚才我瞧见是个女的，情报上说 W 是个青年男人，会不会搞错了？"

"不是 W 也是同伙啊，有区别吗？"厉行打断属下，关闭外骨骼甲上升的远望镜，风轻云淡地命令道，"嫌疑人确认为 W，更改中枢 W 画像，发射离子炮。"

刚刚赶到的东晟脸色大变："我们队长还在上面。"

"作为一个缉糖者，他早有这个觉悟。"厉行浅浅一笑，抬手搭在副队长的肩膀，凑近他的耳边，"另外，想想看，你平时都买的是什么梦啊？"

东晟僵住，通信频道里再也听不到他反抗的声音。

无数闪光疯了一般追向前车。下一秒，汽车被轰上了天，熊熊大火似将一切燃尽。

从此，永光镇不再有 W，或是尤罗。

目睹这一切的男孩满眼惊恐。趁乱藏在身后就只剩下一小块的糖，几乎要灼伤他的小手心。

厉行笑眯眯地蹲下，与男孩平视。

"孩子，不用感谢叔叔，叔叔们有义务保护你们远离糖的危害。"他笑意加深，"不过，你必须立刻放下棒棒糖，否则我将依法将你逮捕。"

三、没有什么是一杯奶茶解决不了的

大统领说得不对，尤罗也会为自己使用功绩。他会向中枢买梦，永远只买唯一的那个。

梦里，妹妹盘腿坐在床上，神采奕奕地讲述着各种奇怪的东西，仿佛亲眼所见。其中的一些，甚至无法在中枢里查找到。

在现实中，尤罗曾经无数次训斥景希的胡言乱语，并严厉地告诉她，作为一个有崇高理想的先驱者，不应该整天幻想一切不切实际的东西。现在，他很后悔。不该说那些的，在景希短暂的生命里，他不该总是责备她。

"哥，你说我们还能见到花朵和森林吗？我能住在森林里吗？"

"当然可以，移民飞船会把你说的都带来。"青年抬手摸了摸女孩黑亮的秀发，嘴角微翘。

此刻他不再是不苟言笑的缉糖者，遥不可及的崇高理想也变得无关紧要。因为这仅仅是一个美好的梦。

"那么，"景希收敛了纯真，严肃地望着他，"你该醒了。"

倏地，周围的场景连同景希的样子烟尘般散去。

这不是他兑换的梦境，尤罗警惕地搜寻四方，发现灰暗角落里的一束光。它摇曳着，远不如永光的强烈和耀眼，带着鹅黄色的暖意。"他醒了！"充满欢愉的女声，从光芒里蹦了出来。

尤罗终于看清眼前之人，她与永光镇所有的女人，不，所有人不同，有着丰韵的曲线和傲人的胸部，甚至有些胖。不只是她，周围穿着白制服的人也都体态匀称，皮肤光亮。

他们是不同的，他们……是敌人！

尤罗很快想起来了昏迷前最后的场景——火炮射偏，高速运动中的越野车不好打中。一秒后热光再起，熟悉战术防御能力的尤罗并不担心，那层薄薄的铠甲能应付更强烈的攻击。况且，他已钻出了车顶。

那时，副驾驶座的女人惊恐地抬头看他……用的就是现在这张脸。

"感觉怎么样？"女人靠近他，露出关切。

尤罗倏地从病床上弹起，手上的输液管被挣断，输液瓶乒乓落地。一片混乱中，他干枯消瘦的手指紧紧扣住了女人的喉管。

"退后！"尤罗朝人们嘶吼。

长久的昏迷令原本就虚弱的身体更加不堪重负，虚弱扯着他的脊梁。但他就像一头顽固不化的豹子，即便倒下也要咬碎对方的咽喉。

为首的女医生并不把困兽之争放在眼里："不想死就躺回床上去！我说了，放开她！"

"不行！"作为人质的女人抢先叫起来，"不能放开我，一放开我，他就要晕倒了。"说完，她反手将尤罗渐沉的腰托住。

"喂！"女医生忍不住翻了个白眼。

"我们说好的，医生，你得治好他啊！"女人抗议道，"这样他才能回永光镇，帮我们找到哥哥。"

"哈？"医生仿佛听到什么天方夜谭，"原来你大老远带回来个半死的是打这个主意！那个死胖子有什么好找的，都失联 5 年了，说不定早就……"

"哥哥是躲藏起来了，他在等着我们接应。"

"一个 300 斤的胖子怎么躲藏？切成条塞墙缝里吗？"

"噗……"不知是谁笑了出来，令现场紧张感顿失。

如是平日，尤罗断不会让对方有机会拖延，但他太虚弱，只是站着就耗尽了所有体力，掐着女人白皙脖颈的手指渐渐虚软，她随时可以挣脱。

不过，她没有，而是更贴近尤罗，甚至仰起脖子往他掌中送了送。一股甜腻的气息扑面而来，令尤罗汗毛竖起——是糖。

就在女医生试图靠近的时候，尤罗费尽全力将怀中女人推了出去。她们立刻撞到了一起，尤罗看准空隙，猛地发力扑向桌边，他的外骨骼甲近在咫尺。

够到了！一瞬间，叶脉状的薄甲仿佛极细的藤蔓，顺着手臂迅速爬至脑后接口。

就算躯体羸弱，甚至脑子不灵光，只要能连接中枢驱动的外壳，任何人都能瞬间变强。尤罗紧紧握拳，进入战斗状态，却发现力量未曾抵达。

下一秒，薄甲失去了活力，纷纷掉落。

他竟然无法与中枢连接！

"你们……对我做了什么？"尤罗再也无力支撑身体，靠着墙壁慢慢坐下。愤怒的目光，像是要在医生脸上烧出两个窟窿。

"亲爱的，是葡萄糖。"女医生指着散落一地的输液设备，坏心眼地说，"你们永光镇的人怎么说来着：'只要试一次，就会成为糖的俘虏，成为无法连接中枢的废人？'我们为了救你，可是连着一周给你打了葡萄糖，特浓的。"

"别吓唬他！"另一个女人赶紧解释，"就算是对于改基因人，糖也是没有毒性的。"

"那笨蛋根本听不懂你在说什么。"医生挑衅地俯视奄奄一息的尤罗，仿佛在看低等的生物，"脑子被脂肪塞住的笨蛋，M，别管了。"

M？尤罗不由得抬眼看向丰满的女人。

还没等他有下一个动作，一队武装人员自门口进入将他压制。他们个个身强体壮，小山般隆起的肌肉像是随时会撑破制服。

"怎么回事？"带头的大个子阿俊扫了眼一片狼藉的病房，"不是说快死了吗，这是……诈尸？"

他刚拿起对讲机，手就被女医生按下。

"先别上报。"她朝阿俊努了努嘴，"你看 M。"

隔着房间的玻璃窗，M 担忧地望着被医护人员重新抬回病床的尤罗。

"看 M 干吗，她受伤了？"阿俊疑惑不解。

女医生翻了个白眼："男人啊，只长肌肉不长脑子是不行的！你听我的，叫你的人都保持沉默。出问题我负责。"

"医生！"M 转头严肃地看她，"你刚才不该说他们是笨蛋，先驱者只是因为食物短缺没的选才被迫改了基因编组。虽然靠类脂肪加工品生活的确有各种问题，但基因学历史上，曾经有为避免饥荒蔓延，把非洲部落的人改成和牛羊一样食草的先例。不能因为不同就歧视他们。而且，那个人还救了我！"

"不，M，你可能搞错了。"阿俊就事论事，"他只是刚好在我们车上挖洞想钻进来，然后被气浪推了把，掉在你身上帮你挡了一道，他只是……嗯，医生，你捅我干吗？"

医生收回手肘，安慰M说："M，永光镇的先驱者蠢且敌对，为人根本的基因也被动了手脚。你记得他救你的好，他却不理解我们花了多少工夫弄活他。你如果真打算让他去找胖子，必须有更好的计划。"

"让我想想。"M一时间手足无措，好看的脸蛋染上忧郁。正在这时，手腕上的闹铃响了起来，她低头查看，眼睛亮了。

"奶茶煮好了。走，去喝一杯。"M一扫阴霾，兴奋地说道。

"啊？你不无措，不忧郁了？"阿俊受不了M的善变，"不是还有麻烦没解决吗？"

"先喝奶茶。"M信誓旦旦，"世界上没有什么烦恼是一杯奶茶解决不了的。"

四、如果真有那就两杯

或许是镇静药的关系，曾经拼死一搏的勇士双目暗淡，精神萎靡，安静地注视着窗外不见天日的阴霾，扮演着一个俘虏该有的样子。

"怎么毫无起色?"M 问向忙碌中的女医生,"你虐待他?"

"酮中毒,全身创伤失血过多,还绝食……天晓得这些改基因人有多难伺候。"医生一手撑着额头,一手翻着密密麻麻的笔记,"今天,这个笨蛋偷拔掉葡萄糖点滴,再这么下去,要插胃管了。"

笔记上的字迹是哥哥的,哥哥热衷于研究永光镇的一切,因此尤罗才有了被救活的机会。她不能让这个坚定的先驱者把自己活活饿死以明志。

M 坐在床边,小声对尤罗说:"嗨,我会帮你逃跑的,但你得先恢复才行。"

甜腻的气息环绕在周身,尤罗冷笑。怎么可能健康?作为缉糖者,他见过太多被糖瘾折磨致死的人。体内有多少的糖,就有多少的毒。他只是在等待糖瘾的发作,然后以更干脆的方式结束生命。

可惜他没等来糖瘾,只等来了……饿。

永光镇的人是不会感到饿的,他们虽然吃得少,瘦弱不堪,但中枢每日分配的脂肪合成物提供了饱腹感。

这是第一次,尤罗体会到了饿到抓心挠肝的胃灼烧,如果说这便是糖上瘾的表现,那也实在太弱。饥饿感并不会令人痛苦地在地上打滚,只会让他想跳起来把 M 手里的餐盒打翻。

"嗯,这个味道超好的。"M 在尤罗床边有滋有味吃着炒饭,说话的时候嘴角带着米粒，"跟你科普下，糖有很多存在形式，砂糖是糖，米饭是糖，水果也是糖。糖类是人类能量的基础来源。"她丝毫不顾尤罗是否在听，是否听得懂，"在无法获得足够的糖时……"

在无法获得足够的糖时，脂肪通过糖质新生产出异糖来供给人体的最低需求，就像主电源被切断后，启用备用电源，同时系统也进入低功耗状态，以待机维持。基因改造则是将备用电源一键切换到主线，增强了人体的糖质异生能力，令脂肪成功取代了糖类的地位。

但基因改造也没有解决所有问题，比如酮中毒。

在糖异生的过程中，代谢物酮体大量积累在血液中，造成人体代谢酸性中毒。人会感到食欲下降、疲惫、烦躁和记忆衰退。这并不是什么了不起的大毛病，地球纪元 21 世纪，不少人进行短期无糖高脂生酮饮食，以达到内消耗减轻体重的目标。在医嘱下的生酮饮食，甚至还有治疗小儿癫痫症和减轻糖尿病的功效。

但对永光镇的人来说，生酮饮食就不那么友善了。他们的能量全部来自脂肪的分解，血酮无法稀释排出，酸中毒只会随着年龄的增长愈演愈烈，一旦超过阈值，便会造成不可逆的脏器及脑损伤，导致昏迷和死亡。

"饿吗？"M 微微一笑，"要不要试试我做的，超好吃。"

她把勺子靠近尤罗干裂的薄唇。香气直冲尤罗的脑门，他听到了肚子里不争气的"咕噜"声。

"差点忘了，医生说你暂时不能吃固体。"说着，M 将勺子送进了自己的嘴里，露出夸张的满足表情。

尤罗无奈地闭了闭眼。他对这里的人充满敌意，却无法对 M 产生任何负面情绪，相处时间久了，就连 M 身上使他汗毛直立的甜味都变得没那么难耐。

或许是因为，M 是个一眼能看到底的人，她的天真带着点幼稚，绝没有坏心。说不定她能成为自己逃跑的关键。

之后，又熬了两日，尤罗确定了自己没有任何糖上瘾的症状。或许是天赋异禀，或许是医生动了手脚，总之，在饿昏过去之前，尤罗放弃了绝食待毙的计划，变得配合起来。

M 非常振奋，更频繁地出入病房。每天她一出现，尤罗就会敏感地察觉到光线、声音和气味的不同，只是他选择背过身，视而不见。

"欸，你是在找永光吗？"M 顺着尤罗的目光看去，窗外除了灰暗的天空什么都没有，"永光距离基地太远，看不到的。"

说完，她自嘲地笑了下，尤罗是不会开口的。

"我和你说过，等恢复了就让你回永光镇，是有条件的。"她故意摆谱，顿了一顿，却没等来尤罗的追问，只能自己再接下去说，"你得帮我去找哥哥。我哥是个 300 斤的大胖子，5 年前他在永光镇失去联络，我们都很担心他。"

尤罗还是毫无反应。M自觉无趣，抓了抓头发，起身给他换了瓶点滴。也就在这时，她听到了一个低沉沙哑的声音。"多远？"尤罗保持背着她的躺姿，"这里，距离永光镇多远？"

M欣喜若狂，下意识地回答："2000多公里，开车的话三天三夜就能到。"

在之后的数周内，M铆足劲与尚不能动弹的尤罗聊天。通常都是M说半天，尤罗回答个"嗯"，即便如此她也感到非常满足。

M傻白甜的样子，在医生眼里看来特别可爱。只有阿俊总是破坏气氛，提醒她："别和外人说那些有的没的，若是那人有心，基地会被夷为平地。虽然体弱，但你见识过他们的火炮，货真价实。"

"我们和永光镇的先驱者并不敌对。"M嚼着棒棒糖，满不在乎，"而且尤罗不是恩将仇报的人。"

"哟，还知道名字了，真棒。"医生皮笑肉不笑地称赞道。

尤罗始终安静地躺着，听着他们吵闹的对白。这段时间足够他认识到自己与基地自然人的差距。

他们更聪明、更强壮，完全不依赖中枢或外骨骼甲行动，掌握的科技也与永光镇不同。尤罗迷惑不解，在被掳之前，他根本不知道星球上还有其他人类聚集地。外骨骼甲的电量也支持不了多久，无法进行城外探险。

又过了几日，M带了气味奇怪的食物来看望他。自从尤罗不需要吃液态食物之后，每日的伙食由 M 照顾。"你的身体慢慢好起来了，我得把哥哥的事详细说给你听，他一定是躲得很好，才叫人那么久都没有发现。"

不，还有一种可能，那个医生说得没错，但尤罗不想说出来扑灭自己回城的希望，抑或是 M 的希望。

"我哥啊……"

医生推门而入，打断了 M 的话。"H 来了。我看到了他的卫兵。"她脸色凝重，如临大敌，"你们必须藏起来，从后门走。"

两个女人七手八脚把尤罗抬上了轮椅。他还是很瘦，只有一个成年女性的重量。在医生准备给尤罗注射镇静药的时候，M 阻止了她。

"确定？"医生挑眉。

M 慎重地点了点头。

通道里，明暗交替的灯光照亮了她的脸蛋，她似乎很兴奋，又怀揣着尤罗不理解的期待。那温热的，带着丝丝甜味的气息急促喷向尤罗的耳郭，使他心神不宁。

"我们去试验田。"M 用身上的卡片刷开了通往室外的安全门，冷空气扑面而来。

基地的天空与永光镇一样，灰暗无光，厚重的尘埃遮天蔽日。但这里的地面是光亮的，鹅黄色的光源来自一排排竖立着的类似白炽灯管的器件。

那是人造日光，M 曾经对他说过，基地用它来给植物进行光合作用。

植物在地球上曾随处可见，只不过永光镇里没有，因为不被需要。改基因的先驱者已可以直接从土壤中获得养分，相较于自然人，他们对资源的利用更加直接、高效。

她的兄长曾经向 H 提出，请永光镇关闭永光能源，扩大日光种植范围。H 坚决反对，他们大吵了一架，哥哥负气一人离开，再也没有回来。

尤罗生理性厌恶 M 兄长的想法，永光岂是为了这种可笑的理由就能关闭的？那是引领移民飞船的通路，是每个先驱者最崇高的理想。

M 已推着轮椅，进入狭窄的植被走道。半人高的植物垂着金黄色的流苏，滑过他裸露的皮肤，掉落的颗粒被轮椅碾压，发出"沙沙"的声响。越往里走，植被越是高大，不一会儿，绿色的秆状作物就把他们的身影严严实实地掩盖起来，人造光只能从层叠的长叶下透出丁点儿的光亮。

四周弥漫着浓郁的甜味，尤罗皱了皱眉。

"这里是甘蔗林，制糖的作物。平时不会有人来的，我出去看看情况。"说罢，M 丢下他就要往外走。

尤罗一把握住 M 的手腕，实战经验告诉他，现在最好待在原地。

"怎么了？"M疑惑地转身看他。

白皙的手腕比他的丰满太多，脉搏强而有力，每一下都在提醒他，他们之间的不同。尤罗顿了一秒，松开了手："一切小心。"

M心情很好，离开时嘴角挂着笑。她向来如此，只消尤罗露出半点友善，便十分满足。

尤罗心想，若是她知道自己在谋划什么，估计就笑不出来了。为了这一刻，他已蛰伏许久。无论是基地的地形还是守卫的行进方式，拜M所赐，尤罗都一清二楚。身体的恢复，也远比医生预计的要快得多。

时间慢慢过去，尤罗安静地等待最佳时机的出现，直到听到一声枪响。

M身上没有枪，她身为基地一员没有理由遭到袭击，除非……

又一声枪响，尤罗直接从轮椅上弹了起来。他没有思考，朝枪声的方向快速移动。

基地的医学比永光镇要好太多，尤罗体力充盈，即便没有穿戴外骨骼甲也健步如飞。他开始计算抢夺武器的可能，重新编排逃跑的线路，这样就能暂时不去担忧M的性命。

前方光线一晃，尤罗屏住呼吸快速出手，直袭要害，将人钳制在身下，一股香甜扑面而来。

"尤罗，你能走动了？"身下之人小声地发出愉悦的声音，"这么大力，看来是恢复得不错……能挪一下吗？我快透不过气了。"

M 仰躺在地，胸口被尤罗牢牢摁住，稍一用力那有力的五指就能压断 M 的胸骨。

尤罗立刻放开了她。刚才深陷柔软乳房的手掌却微微发颤，那是一种难以形容的触感，无法驱散的燥热瞬间蔓延到他的全身。

永光镇的女人和男人一样干瘦。他们不成立家庭，但需要义务交配，每月一次，没有固定对象，直到怀孕。怀孕之后，胚胎会被从母体中取出，由中枢管理，只有极少的妇女愿意冒风险自己生产。

尤罗不知道自己为何会突然想起永光镇的交配制度，赶紧低头去查看 M 的情况。人是完好的，他松了口气。

"我听到了枪声。"

"我指了错误的方向，他们以为看到人影，开了两枪。"女人的脸颊以可见的速度红了起来，呼吸浅而急促，似乎是为了转移尴尬，她将目光转向别处，"哎呀，你长肉了。"说罢，一双手探向尤罗的侧腰，里外摸了个透。

尤罗浑身一震，转过脸，迅速站起。

甘蔗林外已经毫无动静，尤罗沉默了一会儿，背对她低声说："后会有期。"

M 愣了一秒，才意识到尤罗的想法。"你现在还不能走！我还没来得及和你仔细讲我的哥哥。"只怪医生把尤罗照顾得太好，她的小短腿快跟不上了，"好吧，好吧，今天走也行，要记得去找我哥，他叫 W，如果你看到他……"

前面的男人猛地止步，M 一头撞上结实的背。

"哎哟，鼻子好痛，你干吗……"

尤罗难以置信地转身看着她。他从没有把罪大恶极的糖枭与 M 联系在一起，或是从不愿把他们联系在一起。"W 一直藏身在永光镇？他最后一次联络你是在什么时候，什么地方？他是和谁一起去的，他到底长什么样？"

"别……别那么严肃，那会让我觉得你是想通缉他。"M 不安地扭动肩膀，"你抓痛我了。"

尤罗回神，松开按在 M 肩膀上的手。

"我不是……"他头一次想解释，却被 M 手腕上的"嘀嘀"声打断。

刚才还不知所措的女人，突然来了精神，反手抓住了尤罗的小臂。

"奶茶煮好了，要不要和我走，我的实验室很隐蔽，你可以住在我的实验室继续休养，而我能把哥哥的样子、他的行动方式都告诉你，嘿，你听我的，我对我哥哥的了解是找到他的关键。"她迫不及待地说着所有的好处，兴奋而又热切地注视着尤罗，满怀着希望。

M 的力气很小，完全不及这个随时能拧断她白皙脖子的男人，但尤罗真的被半拖半拽地跟着她走了。

"作战成功。"不远处的阿俊收回枪支，回复医生，"你由着M发疯？那人真能帮她去找胖子？"

"记得M的话吗？世上没有什么是一杯奶茶解决不了的，如果有，那就两杯。"

阿俊丈二和尚摸不着头脑："啊？什么意思？"

医生似乎笑了下，转换了话题："说实话，我不觉得胖子值得营救，谁知道他是不是早就死了。关于这点，H的想法和我一样，不然不会决定转移基地。"

"我们一旦拔营，W就算活着，也回不来了。"阿俊很是惋惜，"而且H年纪大了，这次的转移，也会力不从心。"

"正是如此，如果胖子回不来，M就是继任者，未来我们可能有很长时间游荡在荒原，她太软弱，担负不起整个责任。"

"所以啊，医生，让M和改基因人单独相处真的没有问题吗？要是出了什么意外，怎么向H交代？"

"一个男人和一个女人能出什么意外？嗯，意外怀孕？这样更好。"

阿俊抽搐着嘴角，关了对讲机。

五、彩虹糖

从小到大，M都是大家的公主。她被保护得太好，单纯善良，相信所有的美好。这样天真无邪的小公主竟然与改基因人天天黏在一起，真是令人捏了把汗。

距离 M 实验室百米开外，阿俊天天躲在医生的办公室，用狙击枪的高倍镜头窥视两人。

镜头中，炙热的糖浆被搅拌桨轻轻推动，宛如流动的琥珀，熬得黏稠发红。仪器自动向锅里注入离子水，甜腻的气味蒸腾出来，充满整屋。

尤罗皱着眉头，躲开老远。他见过各种形态二次提纯的糖，却不知它们最初是这样诞生的。中枢中没有更多的关于糖的记载，也没有人问过为何没有。

永光镇的先驱者从不好奇，每天的工作耗尽了他们所有的体力。与其设想些有的没的，不如晚上兑换个梦，让自己爽快更加实际。

M 背着他翻箱倒柜，终于从纸箱中找出两个盒子。

"都是我哥哥研究的书册笔记，只剩下这些了，大部分被医生拿了去。"见尤罗无动于衷，M 解释说，"要了解一个人的行为，就要先了解他的思想。"

很可惜，尤罗无法理解。

待 M 搞清原委，不由得大吃一惊。

"什么！永光镇……没有书？那你们是怎么获取知识的？什么，全靠中枢搜索？！搜索怎么可能记得住？什么！不用记，下次再搜一下就行了？"从来不歧视改基因人身份的 M，眼中流露出了浓浓的鄙夷，"说得好听是知识云共享，其实就是不过脑好吧。"

尤罗本无意在这种小事上纠缠，可是 M 相当固执，甚至胡搅蛮缠。他终于不耐烦了，反问道："随时就能检索到的东西，为什么要花精力去记忆和理解？"

"同理，放任身体羸弱，因为总有外壳？" M 很会举一反三。

她蔑视的语气令尤罗烦躁不已。基地的自然人比他们生活得更像人，但这并不意味着先驱者就低人一等。特别是 M，他不想让她看不起自己。"你们有你们的生活方式，我们有我们的理想，外壳或中枢都是更先进的工具。我们操纵工具为崇高理想服务，有什么不对？"尤罗较真起来，这恐怕是他来到基地说的最长的一句话。

M 直言不讳："只是工具？如果你每时每刻都需要这些工具，离开了它们就无法继续生活。那么这些工具，不就成了别人用来操纵你的工具了吗？"

"没有别人，我们自愿为崇高理想服务！"尤罗几乎是在吼了，"停止说这些没用的，把 W 的照片给我！立刻！"

M 像是被他吓到了，笑容消失在她的脸上。

尤罗有瞬间的懊悔，他只是想以强硬的语气掩饰不安，就像每一次否定妹妹景希说的那些胡言乱语。

"我哥不喜欢拍照的，太胖不上相。"M低着头将自己的失落藏起来，翻开另一份资料，"我有的都是他与永光镇访谈人的合影，他经常去那儿，他是一个永光痴。"

几十张照片里，身材魁梧的圆脸胖子只占据了小半个画面，他总在认真记录着什么，笑容憨厚而腼腆。

无论是M崇拜的哥哥，医生提到的胖子，还是照片里的青年，都与他知道的毒枭W有天壤之别。尤罗皱着眉，感觉内心那些坚固的东西正在被侵蚀。他犹豫了一下，终于开口问："我听说W把大量的糖带到了永光镇，造成不少人的死亡。"

如果是医生，一定会大声耻笑尤罗的无知。他能从鬼门关里回来，好端端地站着，就是糖类对改基因人无害的最有力证明。

但是有太多的事无法解释，也无法挽回。"真不知道为什么，你们会认为糖有危害。"M仍低着头，"对于哥哥来说，糖是救命的。他有T型糖尿病，随时会因低血糖危及性命，身边总是带着大把的糖。其实糖在基地供应也相当有限。由于气候关系，甘蔗含糖量不高，每100斤甘蔗汁才能做出1斤的红糖……"

突然，尤罗的目光盯在了一张照片上。照片上，胖子认真记录着什么，身边的干瘦少女开怀大笑着。

是景希，尤罗从未见过景希这般的笑容，她总是笑得拘谨，像生怕又给他惹了麻烦，即便是克制不住向他说出那些中枢搜索不到的怪东西时，也总是观察着他的表情，小心翼翼的，就像现在的 M。

尤罗脸色煞白，双手发颤。"怎么了？"M 担忧地望着他。"对不起，我刚才说了些让你不愉快的话。"

她讨好地拿出珍藏的罐头，将五彩的糖果倒在了他的手上。

"我做的彩虹糖，哥哥最喜欢了，都送你，糖能令人心情好。"

圆滚滚的彩色糖豆，在他温热的手掌上散发香甜，正是他从景希枕头下发现的那一种。全身的汗毛再次立起，尤罗却不知该做出什么反应。

"彩虹……糖？"

"是啊。"M 解释道，"下过雨之后，阳光照射在空气里，会反射出七种美丽的颜色。我在书上看的。"

尤罗没有见过彩虹，甚至没有见过阳光。永光镇所有的光都是白色的，亦如直指云霄的永光。M 和景希总会说一些他不能理解的东西，他从没信过景希，却不得不相信 M。因为她不但说了，还亲手做了，甚至为了可笑的目的救活了一个缉糖者。

"哥哥在离开的那天，的确带走了所有的糖，他说那是能让永光镇的人快速提升血糖、摆脱中枢控制的关键。"

尤罗怔怔地看着手心，本该严厉地质问 M 为何要摆脱中枢，简直是对崇高理想的不忠。但他无法开口，糖豆正在发热，融化。不，不是糖豆。他抬起头，发现了炽热的源泉，是 M 掉落的眼泪。

"对不起。"M 哭得很小声，在注意到他的目光时甚至努力地笑了笑，"对不起，我再也不会说崇高理想的坏话了。哥哥只想让生病的人好起来，糖可以救他们。"

"你究竟在说什么……"有一种深切的恐惧，令尤罗感到窒息。

"只要提高血糖就能救人，大家都可以不用死的。"她指着W与病人们的合影，"我们正是用哥哥的办法，救活了你。"

"胡扯！"尤罗握紧了拳头，全身紧绷，仿佛受伤的野兽。

摧毁一个人信仰的根本，并不是以武力强迫他屈服，而是以事实告诉他，所有经历的苦难，咬牙忍下的痛楚，以及生死的抉择，都是白费。明明有另外一条路，可以通向所有人的幸福，只是他视而不见。"别难过。"W说着，缓缓张开双臂拥住了尤罗，好像他才是哭着需要安慰的一方。

"咔嚓"，狙击枪的枪身险些被阿俊捏碎了！

"叫你别偷窥的。"女医生不当回事，"荷尔蒙啊，多美好，你说他们什么时候上床？"

"不行，我得找人干他！"阿俊丢下狠话，转身就走。

阿俊果然是言出必行的真汉子，第二天田间的日灯还没亮起，尤罗就被人从临时搭的吊床上拖了起来。

"从今天开始，你加入警备队训练！"阿俊说这话的时候，咬牙切齿。

一开始，他的确是想狠狠教训尤罗的。只可惜那家伙恢复得太好，又是传闻中在永光镇保护了 M 的人，队里对他和善有加，就算真打起来，也只是点到为止。倒是尤罗接受系统化教学之后，很快就能不依靠外骨骼甲轻易把强壮的对手放倒。

最令阿俊愤慨的是，由于先天对脂肪利用的优势，以及 M 每日的特质营养食谱，尤罗肌肉生长的速度令其他男人望尘莫及。没过多久，他就不是原来那个骨瘦如柴的永光镇人了，精瘦颀长的身形蕴含无穷力量，混迹在基地的男人之中毫无违和感。

阿俊后悔不已，他感觉自己培养出了一个美国队长。

"我可以摸吗？" M 紧盯着尤罗强健的腰线，两眼发光。

"不行。"

"胸呢？"她假装没看到尤罗抵触的眼神，"就一下。"

"不！"

"好吧，看书。" M 乖乖举起了书本，挡住自己脸上的垂涎的表情，"昨天看到哥哥调查的永光塔构造了，你有什么不懂的可以问我啊。"

日子就这么一天天过去。白天，尤罗和男人们训练，午后回到 M 的身边。她或在制糖，或在自言自语，更多的时候她一言不发地研究着手上的植物样本。哪怕再忙，M 都会和他一起看 W 留下的书，了解那个他未曾认知的世界。

尤罗几乎忘记了自己是谁，有怎样的崇高理想，只觉得快活，甚至生出了幻想，如果他和妹妹没有诞生在永光镇，从小就生活在这里该多好。他们可以一起培育植物，让这颗冰冷苍白的星球变得和景希期待的一样生机盎然。

这天，训练结束后，有人托他去医生的办公室讨蛋白粉。警备队的肌肉男们不知为何都惧怕医生。

尤罗熟门熟路地敲开了门，医生不在。之前他睡过的那张病床已被撤走，外骨骼甲被随意丢在桌上。或许是薄甲的隔热效果相当好，医生总喜欢用它来垫 M 的烤红薯。一年前的那些事，现在想来恍如隔世。

他手指稍稍弯曲，薄甲便像是有了生命，自动包裹在了手指上，却也只有手指，无法再进一步。"不死心？"身后传来一贯的高傲口吻，医生不知道什么时候靠在了门口。

尤罗快速缩回手，平静回答："我是来拿蛋白粉的。"

"来得正好。"医生点了点头，拿起桌上的外骨骼甲丢给他，"坐那边，我测试一个功能。"

"我连不上中枢。"尤罗提醒她。

"这事不需要中枢。"说着医生顺手把尤罗后脑的人机接口插上，就像插上一个台灯插座那么随意。各种尤罗叫不出名字的仪器贴满了他的身体，让他有一种任人鱼肉的无力感，也终于明白那些肌肉男的恐惧。

"医生，你……"话没说完，尤罗的瞳孔突然扩大，肌肉猛地抽缩，一股强烈的快感直冲头顶，他得咬紧牙关才能抑制全身的颤抖。

"果然。"医生兴奋地盯着仪器上惊人的波动曲线，"爽不爽，快回答我，爽不爽？"

"医生……拜托……"他艰难地回答，舌头不受控制，嘴角流下口水。不堪又刺激的画面涌入脑中，快感几乎吞没意志。

医生背着他喃喃自语："为何改基因人会糖上瘾，为何吃糖会连不上中枢，这种无关紧要的蠢问题 M 每天都要问我一遍，想来都是为了你，愚蠢的改基因人。"

白色的眩光在他眼前炸开，医生终于关了外壳上的电流。

尤罗呼吸急速，汗水浸透了衣衫，俊脸上露着不自然的潮红。他抹了一把口水，狼狈地看向医生。"所有理论都必须出自实验，这才是 W 所谓的科学。"医生兴致勃勃地盯着他，就像是狼盯着绵羊，眼里发出绿光，"接下来回答几个问题。在永光镇的时候，什么场合下，你们会被这样电击？"

尤罗摇了摇头，他并未体会过。

"那么这样呢？"

医生按下了控制键，这一次的电流并没有那么霸道，他只是觉得浑身舒畅，心中柔软一片。

尤罗明白了，是做梦的感觉。

中枢兑换梦需要不同的功绩值，档位不一样，每个人感受到的程度也各不一样。尤罗从来只兑换最轻微的梦，但也见过别人做梦，爽得直翻白眼，浑身抽搐，流出口水的样子。

医生露出鄙夷之色："身体被改造还不够，快感回路也被控制，简直就像管理动物。"

"不，先驱者是自愿为崇高理想服务的。"尤罗辩解，"梦境只是奖励。"

"奖励？呵呵。"医生冷笑，指着核磁共振图右脑侧红色区域，"当电流通过改基因人脑部特殊区域时，会释放大量吗啡肽，令人产生类似地球纪元服用致幻剂的强烈快感。不久之后，普通电击将难以取悦大脑，而为了追求更强更频繁的快感，人会在潜意识中不顾一切地去争取你们所谓的功绩，因为若是没有晚上的一梦，日子会非常痛苦。"

尤罗脸上血色尽失。

"再说糖的作用。人脑细胞的能量来自血糖，改基因人的糖质异生永远满足不了大脑的需求。如果有机会提升血糖，哪怕就一下，大脑也会非常开心，但这种生理上的愉悦，远及不上电击带来的快感，最多只能在人无法被电击时起到安抚作用。也就是说，并不存在糖上瘾，而是电击快感上瘾。"

"那些人，有了糖瘾的那些人很快就死了。"尤罗强调。

"是很快，你的脑子要是被电击成马蜂窝，也会死。"医生翻看着 W 留下的记录，"永光镇平均寿命是 55 岁，根据 W 的调查，最近 5 年下降到了 51 岁。死因大多是酮中毒和脑死亡，其中脑死亡多为功绩高的青壮年。追求电击的快感，必然会付出相应的代价。酮血过高又能加剧这一情况。"

尤罗从来说不过医生，但他还不死心："这不能解释食用糖后就算戒糖也无法联络中枢的现象。"

医生认真看着他："胖子没有足够的样本确定他的观点，以下是他的猜测：中枢与脑的匹配度的确与血酮有关，戒糖后血酮上升，但大脑的某个开关已被血糖打开，这时血酮再高也无济于事。开关与基因差异性相关，有的人容易被打开，有的人则不，还有一些人天生就是打开状态。永光镇有个没有医生的医院专治不能连上中枢的人，大量高浓度丙酮注射液被使用以提高人体血酮，完全不顾自受体承受力，效果可想而知，能'治好'的只是少数。我猜测那里大部分是开关打开的人。真想不通，怎么会有人不惜一切代价想要戴上枷锁。"

"他们只想成为正常人。"或许刚才受到了电击的刺激，尤罗红了眼眶，胸膛起伏不平，"不能连接中枢的人无法为崇高理想做任何贡献。"

"正常人？正常的死人吧。胖子接触过一个病患，那人都快被折磨死了，就是不肯离开永光镇，也不愿意继续接受胖子的治疗，甚至把给她的糖藏起来不吃。那个女孩曾经有机会加入我们，如果不是她坏心眼的兄长强迫她接受中枢的死亡治疗的话。"医生顿了顿，惋惜地看着他，"如果你始终要回到永光镇，我还有些事要告诉你。至于信不信自己看着办，只是别让人再控制了你的脑子。"

这一次医生再也没有说任何刻薄的话。

M 是在甘蔗林找到尤罗的。过了时间，他没去实验室，也没在阿俊的队里出现，一问才知道是和医生单独聊过。"对不起，医生又挖苦你了。"M 抱歉地解释，"她对任何人说话都这样的……唉，医生就是嘴巴坏一点。"

尤罗只是躲在甘蔗林里发呆。他心里明白医生说的是事实，这一年基地的生活让他理解了永光镇以外的真实世界。他觉得悲伤又庆幸，还有的便是深深的罪孽感。

把尤罗的沉默当作不悦，M 担忧地拉住了他的手。那只手已经不像是初来时的冰冷消瘦，十指皆有力饱满，指根处甚至磨出了茧。

"其实，医生是我哥哥的未婚妻，哥哥失踪后她也尝试去永光镇找人，两年后医生放弃了，脾气也变得更差。有一次阿俊开玩笑说，哥哥是因为恐婚才离开她的，医生差点用手术刀割下他的鼻子。还有啊……"

"什么是未婚妻？"尤罗打断了 M 的絮絮叨叨，他不记得中枢中有这个词汇。

"未婚妻就是，约定了未来要一起生活的人。"

"你有未婚妻吗？"尤罗追问。基地人都视 M 为公主，队里那几个大汉一见 M 还会脸红，他越想越不对劲。

M 被他逗笑，她仰头，发现自己牵着的男人并未因医生的冷嘲热讽而心生恼意，而是认真地等着关于"未婚妻"的答复。

忽地有什么落在 M 的头顶，她的目光朝上飘去，脸上展露出了欣喜。

"啊！甘蔗开花了！"

甘蔗的小花黄白相间，并不是特别漂亮，挤挤挨挨簇在一起，就像一把狗尾巴草。但 M 超级兴奋，眼中充满朝气和喜悦，整个人都在闪闪发光。

尤罗轻轻地把她拉近，企图将她的注意力抓回来。

或许是因为种植的作物好不容易开花了，心情格外愉悦，连带着平日的拘束都散开了，M 笑盈盈地望着尤罗："被医生欺负得不高兴了？我让你高兴起来。"

"不想吃糖。"尤罗皱眉。

"其实，还有一种方式能提升多巴胺，要不要试试？"

说着，她踮起了脚。浓郁的香气扑面而来，M 满心欢喜地攀着他的肩，轻轻地吻上青年的薄唇。那是一种不同于任何糖的甜蜜，内心深处升起的愉悦令尤罗心跳加速，手心发汗，情不自禁回应着少女纯真的热情。

"你们在干什么！"一个苍老的声音将两人分开。

来人身材肥大，双腿用金属支撑。那并不是什么外骨骼甲的颜色，而是货真价实的金属，连接处的皮肤有被锯开又缝合的痕迹。

他混浊的眼珠死盯着尤罗："你是改基因人！我说了多少遍，不准！不准和改基因人来往！阿俊，给我毙了那小子！"

"要杀他，先越过我的尸体！"M立刻挡在尤罗的面前。

"孽子！"H的血压一下子高起来，手腕上的表发出"嘀嘀"的警报。

"老爷子，深呼吸，我给你叫医生，深呼吸啊！"阿俊赶快顺势扶着老人家就要往回走。

H不是那么好糊弄的，他猛地敲击拐杖，振开阿俊。

"滚出去！"H怒吼，"永光镇的浑蛋，从我的基地滚出去！立刻！"

这件事落实得很快，尤罗被蒙上眼睛扔进了车里。M努力挣开桎梏，冲上前去，对着疾驶而过的越野车大声呼喊："找到W。找到哥哥，让他带你回来！"

她仿佛听到了尤罗说"好"，也仿佛只是听到旷野上的风声。

六、戒糖所的糖豆

尤罗回到了永光镇。

原本看惯了的机械化城市，现在总觉破败不堪。人们嘴里充斥着一股腐烂的味道，随着说话、呼吸飘逸到空气中，尤罗知道那就是酮中毒的气味。

这天永光塔下的倒计时牌写着91年零15天，正好是他"牺牲"一周年的纪念日。所有人都像看鬼一样看着他。半晌之后，终于有人反应过来，尤罗并没死。

"回来就好，队长！"

"太好了，我们都以为你牺牲了！"

"队长，你是如何办到的？"

原队友们含泪拍着尤罗的肩膀。只有一人踟蹰不前——原来的副队长东晟。他已经是三队长了，尤罗牺牲后，东晟顺理成章原地晋升。

东晟表情复杂地注视着尤罗，冷飕飕地问了句："尤罗，你是不是胖了？"

被他一提醒，众人立刻发现了尤罗的异常。他没有穿戴战术外骨骼甲，没有连接中枢。明明失踪了一年，身上却没什么伤，甚至还长胖了。

缉糖者们的眼神变了，三队长趁机大声说出了众人的疑惑："尤罗，我知道这很难启齿，但是我们缉糖队呢，最重要的是对理想忠诚，如果你真的被糖犯……"

他还没说完就被人推开，厉行带队而来。

"哟，回来了。"厉行打着哈欠，漫不经心地打量尤罗，依然是一副睡不醒的样子。

尤罗"牺牲"后，过了不久，缉糖司总长也在一起公务中受伤牺牲，正巧一队长厉行功绩到了，便取代上司成为现在的缉糖司总长。

在厉行眼中似乎没有太多惊讶，仿佛他早知道尤罗还能回来。他突然伸手按了按尤罗比任何人都结实的肩膀，笑了下："的确是胖了，先送去戒糖。"

永光镇的戒糖所，大约有一半人是尤罗亲手送进去的，可想而知当他以犯人的身份被关押进来后，整座戒糖所是一种怎样的盛况。

那些人眼里流露出的恶毒全部加之在拳脚上，尤罗只守不攻。过去他不会用战术甲攻击平民，现在也不会与远没有他健硕的普通人动手。饶是如此，没有外骨骼甲保护的糖瘾者也很快体力不支，虚脱倒下。

一连好几天，尤罗都没有闲着，总有一拨又一拨的人来找他麻烦。他不厌其烦地等着对手倒下，观察他们瘾头上来时缩成一团的样子，听着他们好像全身撕裂的痛苦呻吟，随后逼着他们回答自己的问题。

无一例外，所有的瘾君子都已买到了高级区的梦境，每天做梦十几次，抑制不了更多的渴求。然后，他们偷偷试了糖，那是一种不同的体验，即便没有做梦快乐。

若不是亲身经历，尤罗一定不会相信医生的话：糖并不会让人上瘾，让人上瘾的只是电击快感。

他靠墙慢慢坐下，手指摸到了砖块凹凸的部位，那里印刻着戒糖所建成的年月。按照永光镇惯用的倒数计时法，这个时间距今只有8年。

根据W的笔记，他在8年前就开始对永光镇进行调查，并且多次与大统领接触，试图说服大统领关闭永光，以所剩无几的能源种植植被。这种说服无效且可笑，先驱者绝不会关闭崇高理想的永光。

也在同一年，永光镇陆续传来食糖死和糖上瘾的案例，传闻中大糖枭W开始活跃，缉糖队则在当年成立。

过去从未想过的事，如今一件件都串联起来，前因后果变得清晰而可怕。

单间的铁门被猛地推开，他又有伙伴了。

来人拖着铁锹，一路发出刺耳的声响。尤罗认识他，最后一次执行缉糖任务时，尤罗把他制糖工的母亲抓去改造了。趁尤罗还未站起，他猛地挥舞铁器朝尤罗劈头盖脸而来。

尤罗就地一滚，躲开袭击，在对方企图第二次击打时一跃而起，单手握住了铁锹柄。两人之间力量的悬殊令虚弱的瘾君子无法动弹，但他很快放弃了挣扎，兴奋地朝身后众人大喊了一声："糖！"尤罗这才发现，刚才的动作令裤兜里掉出一颗糖豆。

糖豆表面颜色鲜亮的霜已经脱落，露出了白色的底子，又粘上了地上的尘埃。即便如此，那磨砺到极淡的香味，还是让原本对尤罗心生畏惧的瘾君子们不顾死活地扑了进来。"不准碰！"尤罗立刻将敌手掀翻在地，放弃所有原则冲入哄抢之中。他忍受不了那些肮脏的手触碰到 M 的糖豆。

混乱之中，糖豆像是有了自己的意识，在人们脚下、手中、头顶上不断跳动，谁都没能得到它。最终糖豆滚到了一个人脚边。

"竟然能在戒糖所看到糖。"那人嘴角露着耻笑。

每个地方都有自己的地头蛇，通常这狠角色只要一个眼神就能令人颤抖。刚才还不顾性命哄抢的众人在他的扫视下噤若寒蝉，默默地散去了。

单间里只剩下尤罗和那人。

"立刻离开。"尤罗严厉说道，"如果你不想被打断骨头，请立刻离开！"

干瘪男人缓缓伸出了手，手臂比尤罗见过的甘蔗更加纤细，他弯腰从地上捡起糖豆，放在嘴边吹了吹灰尘，一口吞了下去。

"你！"尤罗气愤地冲上前，揪起了那人的领口。

可下一秒那人挣脱，并以一个消瘦身躯无法做到的大力甩手，将他结结实实地砸到地上。

尤罗这才看清，在他宽松的囚服下，皮肤正反射着金属的光泽——是战术外骨骼甲！

"彩虹糖是新做的，哪儿弄来的？"那人一脚踩在尤罗的肩膀上，战术外壳的力量令他无法起身，"说啊，老子问你话呢！"

尤罗艰难抬头，望向那人充满戾气的眼睛，一字一顿说道："自然是从你的妹妹那里拿来的。"

一个胖子无法在永光镇藏身那么久，除非他来戒糖。

在基地的时候，尤罗便有这种猜测，回到永光镇的第一时间，他就自投罗网以便证实自己的想法。无论戒糖所中有多少人，无论 W 躲得有多巧妙，尤罗都有信心能找出他，因为能认出 M 糖豆的人，永光镇之内，除了尤罗就只有 W。

只是尤罗未曾想过，300 斤的胖子，叱咤风云的糖枭，腼腆的科学家竟然就是眼前这个看起来 100 斤不到的虚弱又暴躁的人。

而且他还能使用外骨骼甲！"没想到吧缉糖者，我减肥成功了，哈哈哈！"W 的笑声从单薄的躯体里发出共鸣，听起来特别瘆人，"顺便说下，我可能是瘦得太快，有点暴躁症，出手重了点哈。"

"M 很想你，她让我带你回家。"

尤罗没有半点恐慌，这种态度立刻激怒了 W。

"听你胡说。"W 一挥手又将尤罗扔了出去，就像丢开一只破布娃娃。

肉身的躯体撞击在墙面上，尤罗闷哼一声，吐出血来，又缓缓站起，不卑不亢地说道："我们谈谈。"

W 又以一记重拳，回应了他。

戒糖所是整个永光镇最黑暗的地方，永光无法从高耸的围墙透入，阴森的堡垒中只有撕心裂肺的哀号。

还能动弹的瘾君子们时常跑去偷看尤罗到底死了没。结果总令他们失望，除了越来越多的瘀青，前缉糖队长的身上并没有致命的伤。

直到有一天，永光镇发生了一件大事。

缉糖司发布新闻，大毒枭 W 远在 2000 公里外的老窝被远程导弹摧毁，所有有毒作物被夷为平地。最令永光镇人兴奋的是，这次缉糖司活捉了 W，那个歹毒的女人即将在明日被当众处死。

女人？当尤罗意识到 M 又被当作 W 的时候，真正的 W 正用冰锥一般的目光戳向他。

"不是我。"尤罗解释。

W 没打算给他解释的机会，战术外骨骼甲很快爬遍他的全身，肩膀上升起小型炮台，黑洞洞的炮口对准了尤罗。

就是这种小型火炮曾经将身穿外骨骼甲的尤罗连同 M 的越野车一起炸飞。如今他毫无防备，根本不可能在炮火中存活。但尤罗屹立不动，仿佛如此这般就能证明自己的清白。

"蠢。"W 冷笑，外骨骼甲上发射的炮弹朝尤罗呼啸而去。

只听一声巨响，尤罗身后的墙体轰然倒塌。永光透了进来，照亮了漆黑的空间。W 收起火炮，大方地从缺口走了出去。

忽地，他又转身看向尤罗。

"要不要一起？缉糖者。不过你要想清楚，一旦踏出这堵倒塌的围墙，就不再是缉糖者或是劳什子先驱，你将是背弃崇高理想的罪人。"

自始至终，尤罗没有看他一眼，目光始终落在眼前高耸入云的永光上。他退了一步，说："不。"

W挑眉，对这个答案极不满意，拔枪欲射向尤罗，只可惜动作不够迅速。黑衣人如潮水般从四面八方涌来，将尤罗团团围在中央，铜墙铁壁一般。

"放下武器，立刻投降，我数到三。"厉行打了一个哈欠，"三，开火。"

一声令下，缉糖者毫不犹豫地发起攻击。W再无力与尤罗纠缠，只得迅速撤离。

"总长，你说过数到三的！"边上的副官小声提醒他。

"是吗？我忘记了。"厉行满不在乎地耸了耸肩，"都说我记性差了嘛，还不快追？"

尤罗正准备退回被炸出个窟窿的戒糖所，一群黑衣人拦在他的面前。

厉行在他背后懒洋洋地问道："尤三，糖戒断得怎么样了？"

"你说呢？"尤罗转头看他，压抑着怒火，"恭喜总长，第二次与W交锋大获全胜。"

厉行抬手搭在他的肩膀上，小声说道："别说兄弟没照顾你，我可是和大统领说这次是你忍辱负重潜入敌营，将坐标带回来的。"

尤罗内心一颤，转头看他："什么意思？"

"走吧，大统领要亲自见你。"厉行又散漫地笑了笑。

七、最崇高的理想

统领司在永光塔内，大统领的办公室则在塔的最上端，也是最接近永光的地方。

时隔一年，尤罗再次穿上缉糖者黑衣，并没有感慨万千，只觉得衣服有点紧。特质的饮食与长期锻炼令他长出了肌肉，随时都能把制服撑破。

"尤罗！"大统领大步流星朝他走来，"你受苦了！我都听厉行说了，在 W 的老巢卧底，辛苦你了。"

与一年前一样，尤罗脸上没有任何表情，叫人看不透。

"我已经将你这次的功绩给记上，希望你能尽快连上中枢领取。"大统领拍了拍尤罗的肩，打开办公室的门请他进去。

办公室里一面墙体完全被大小数十个显示屏占据，从这堵墙上可以看到永光镇内重要场所的画面。其中有一个正放着囚犯的实况。

尤罗不着痕迹地看了眼，确定了那人的身形是 M，她果然被当作 W 的替身！

大统领走近窗边，拉开厚重的天鹅绒窗帘，永光从那里透进室内。

"怎么，似乎你对功绩还是不上心？"落地玻璃窗映出大统领和蔼而疲倦的脸庞，他叹了口气，"中枢对所有先驱者都很了解，通过完成的任务、功绩兑换的奖品，甚至做的梦，中枢知道如何安排他们合适的工作。但是你，尤罗，中枢一直很为难。你似乎什么都不要，甚至可以把功绩分给别人。可以告诉我，这是为什么吗？"

尤罗抬眼看他："景希活着的时候，我努力工作赚取功绩，让她能得到最好的治疗；她死去后，追查 W 就是我所有的目标。除此之外，我不需要任何奖品。"

"这个目标高于崇高理想？"

"没有任何目标高于崇高理想！"尤罗下意识地回答，同时惊讶于自己的反应。先驱者脑中植入太久的理想，哪怕已经过了那么多，他也从不曾想过背叛。

大统领点了点头，伸手在落地窗前晃动了一下。玻璃窗逐渐变暗，露出中枢金属的脉络，仿佛一张巨大的网笼罩着整座永光塔，又像植物的根茎盘根错节，牢牢纠缠。"年轻人，我知道你在 W 的基地看到过很多不可思议的事，我希望你忘记它。先驱者和他们不同，是有崇高理想的人。"大统领一挥手，窗口画面显出中枢的每一个连接点，那些密密麻麻的小点代表着一个个人。

中枢从外骨骼甲与人脑的接口读取每个人的状态、心情甚至想法，亦如他们在星际旅行时沉睡中那样。尽管现在他们是活生生的人，却依然被中枢牢牢掌控。"不妨将自己看作叶，将中枢看作树，每个人都需要中枢，中枢也需要每个人。如果大树倾倒，我们这些树叶也不复存在。"大统突然转过身，拔高了音调，"因此任何破坏团结的事，任何妨碍崇高理想的人，都是死罪！所有人必须清楚背叛崇高理想的后果，包括你！"

尤罗眼瞳一缩："我绝不会背叛崇高理想。"

"呵，说得轻巧。"大统领的脸上浮现出古怪的表情，与他在人前的慷慨激昂完全不同，仿佛看透了一切，早就失望了，"人类的历史是纷争的历史，为了将有限资源占为己有，那是人类的天性。你看看我们这颗星球，看看这片荒芜，若不是有中枢管理，那些丑恶的本质随时都会出现！"

"您不相信先驱者？"尤罗觉得不可思议。

"不！我就是太相信了。"大统领骷髅般的眼中充满戾气，"我和中枢一样了解先驱者，所以才会建立缉糖队，给予你们这些精力太过旺盛的青年更多获得功绩的机会。满足你们膨胀的私欲，给予你们上升空间，甚至拿目标去悬赏，就是为了安定和团结，为了所有人都能实现崇高理想！你明白吗？"

在这之前，尤罗从没想过自己是如何被选拔到缉糖队的，他曾以为自己和所有人一样。

但事实并非如此，世界上没有相同的两片叶子，人和人之间也总有差异。一部分人生来安定，另一部分则不。中枢早就通过脑机接口筛选出了他们，让所有不安定的因素被集中在缉糖队管理。

他们就像套着项圈的猎狗，受命追逐主人标记的猎物，以消耗过多的精力。

"只有你，尤罗！中枢无法满足你，这曾经让我们很头痛。不过现在一切都解决了。"大统领盯着他，眼神犀利，"你去过了基地。"

尤罗大声说道："我会忘记基地的事，请大统领放心！"

"太慢了！你知道我们如何改造犯人，当然你不是我们的犯人，你是英雄，英雄就应该获得奖励，我们会帮你。"

缉糖者当然知道如何处理犯人，所有能够连接中枢的先驱者都是宝贵的劳动力，只要让中枢抹去他们的过往，重新做人。

简单来说，就是抹去他们的记忆。

"不。"尤罗紧绷着下巴，"您无权那么做。永光镇是一个讲究法治和人权的地方！"

办公室的门被人大力打开，一群黑衣人出现在尤罗的身后。

"把他带下去，立刻执行！"大统领命令道。

尤罗企图挣扎，但他并不是一群身着战术外骨骼甲的缉糖者的对手，他们呼啸着向他飞扑而来。以肉身相搏的尤罗很快就被压制。

"不要打脸！"大统领尖叫道，"他明天还需在永光镇所有先驱者的面前枪决 W。他是英雄，对他友善些！"

"是，为了崇高的理想！"缉糖者们绷直了身体，脚踢后跟。

永光镇很少有庆典活动，如今万人空巷。先驱者离开了工作岗位，前来围观对 W 的处决。用功绩兑换的门票很快售罄，不少人只得站在场外，看大屏幕的直播。

糖枭 W 相当狡猾，在一年前竟然从缉糖者的炮火中逃走，但是缉糖者更聪明，他们派了卧底进入 W 的老巢，取得 W 的信任后成功出逃，带回了老巢坐标。

多么令人振奋！在实现崇高理想漫长的时光里，总需要这样一些小目标的完成来激励人心。"啊！我见过那女人，原来她就是 W！"场外围观屏幕的妇女指着画面气愤难耐，"她曾经哄骗小孩吃糖，天杀的恶魔！"

妇女身边的人们顿时沸腾了，仿佛每一个人都看到了 W 的恶行。

万恶之首的女人双手被绑在背后，跪在场地中央。她眼睛被蒙着黑布，长发散落在脸颊，略微遮住了她胖乎乎的脸蛋。

"她是个胖子！"看台上有人尖叫，"怪不得是坏人！"

M 再没有对别人说她胖这事大呼小叫，她感应到了面前，挡住永光之人的气息。

"是尤罗对不对？"她轻声地问，"你找到我的哥哥了吗？"

尤罗目光低垂，表情冷漠，丝毫没有回答她的打算。他缓慢地抽出了佩枪，抵住女人的额头。

M微微一颤，不敢相信所发生的事。

"尤罗，是我啊。"泪从黑布里满溢出来，她哆嗦着，却毫不躲避头顶那柄冰冷的武器，"我们的甘蔗都被炸毁了，没关系，我还藏了很多很多糖。你说好会回来的，忘了吗？"

"杀了她！"

"为了崇高的理想杀了她！"

"崇高理想万岁！"

民众的高呼一声高于一声，M充耳不闻，她静静地等待尤罗的回答。

过去也是这样，总是她说得多，尤罗答得少。这没什么大不了，尤罗本就是个话少心软的人。即使他忘记她，忘记基地的一切，也不会伤害一个无辜的人。

果然，尤罗出声了，他压着嗓音："不要哭。"

"尤罗！我就知道你……"M仰起头，仿佛能透过黑布看到尤罗怜爱的眼神。她激动地期待着，忽然就听到了子弹上膛的清脆声响。

那个曾经认真问她是否有"未婚妻"的男人，那个在甘蔗花下被她亲吻的男人，冷淡地说着："不要哭，一切很快就会过去。"

枪声淹没在人群近似狂欢的呼叫声里。M倒在了地上，鲜血从她额头的窟窿眼里汩汩流出，染红了地面。

尤罗取出手巾，缓慢将满手的鲜血擦净，长久地低头看着倒地不起的女人，似乎在确认和等待着什么。

突然，照亮永光镇的永光晃了一下，地面随之震动。

欢腾的人们还没反应过来，便纷纷原地倒下，就像是大海波浪的潮汐，壮观而诡异——连接着所有人的中枢，重启了。

尤罗立刻弯腰将一动不动的 M 抱起。他动作非常轻柔，仿佛捧着易碎的珍宝。

"罗密欧，你很快啊。"暗处接应的医生和阿俊接过 M。

医生抬手将 M 额头致命的血窟窿伤擦去，露出光洁没有伤口的额头。她呼吸平稳，处在昏迷状态，镇静药用得有点猛。

尤罗看了好几眼，这才朝医生点了点头，转身离开。阿俊却抬手握住了尤罗的肩膀，担心地看着他。

"我没事。"说话间，尤罗下意识低头看了看自己的手，强有力的十指发着颤。枪杀 M 的画面噩梦般扑面而来，在脑中不断重放。

"来一针？"医生摸出了镇静药，"我怕你走路摔着自己。"

"不用。"尤罗再次探了探 M 的鼻息。这已是短短两分钟的第十五次。

"好了，罗密欧，她没事。"医生拍了拍他僵硬的背，"不过等 M 醒了我就不知道了，可能会愤怒地和你提分手吧。"

尤罗表情又是一凝。

"别叫我罗密欧。"他抽着嘴角懊恼着，"结局不好。"

医生被逗得哈哈大笑，尤罗略显尴尬，但他终于调整好了自己。现在有比后怕更加重要的事。

"W 的脑子可能出了一点问题。"尤罗对两人说，"他想永远关闭永光。"

原先的计划是 W 暴揍一顿大统领，然后利用大统领令中枢重启。重启过程中永光镇的外骨骼甲都会因信号中断而停止工作，柔弱的先驱者失去行动力。W 在得手后，应该立刻前来与他们会合。

然而，W 并没有到达会合点。

M 说过，想要知道一个人的行为，先了解他的思想。尤罗读过 W 所有的理论，他一直坚持自己的主张——关闭永光和中枢，用永光的电力为日光种植服务，让中枢停止控制人脑。

那么多年他藏身在永光镇，并不是被困在这里了，而是寻找机会实践自己的理论。

"距离中枢恢复工作只有一刻钟，我们分头去找。"阿俊说道。

八、一点都不甜蜜的真相

三队长东晟守在永光塔的顶层，这里是整个永光的基石，也是中枢能源所在。

永光塔固若金汤，一来不使用战术外骨骼甲没人能上来；二来中枢保护着永光，如果没有特殊权限，根本无法躲过塔内重重陷阱。

因此，东晟特别无聊。站得那么高，狂欢的队伍都看不清了，没办法，谁叫他抽到了鬼签。东晟打了个哈欠，又想买梦。他可以站着做梦的，只有在梦里，他才是世界的主宰。

就在这时，一个穿戴战术外骨骼甲的人走了过来，东晟从未见过他。

"这里是禁区，不可进入，"东晟警惕地看着来人，"你是哪支队伍的，怎么不穿制服？"

消瘦男人要笑不笑，指着自己："老子是 W 啊，穿什么狗屁制服。"

"不可能，W 已经被抓到，正在下面准备枪决。"东晟已在摸枪，他能感到对方来者不善。

"哼，我就说了，什么中枢，什么外脑，凡是电子设备上的信息都不靠谱，只要赋权，任何人都能篡改。"W 自言自语。

东晟完全听不懂他在说什么，抽出佩枪。

W 快人一步，金属外壳包裹下的手臂大力一挥，轻易将缉糖者扫落高台。

东晟一脸不可置信地往下坠去，这个画面像极了他曾经做过的梦，梦里尤罗被 W 射杀，跌落高塔，而这一次竟然是自己。

"愚蠢。"W 嘟囔着后退几步，把剥了外壳、虚软无力的大统领从藏身处扯了出来，小猫一般提在手上，"快给老子开门！"

"咔嚓"一声，瞳孔门锁打开，永光塔的总控室向他打开了大门。

"让我看看该怎么操作。"W 不需要查看时间，从塔下人们欢呼雀跃的声音就知道，尤罗已经"射杀"M。他必须尽快重启中枢，让他们从万人间安然通过。

"成了！"中枢应声重启，在这段时间里人机接口无法工作，永光失去保护。

"你……你是如何……"大统领虚弱地靠在墙边，不明白自己为何会被擒住，W 又是如何抵达永光塔的最上层的。没有权限的人，不可能通过重重机关。

W 邪佞一笑："因为你对尤罗出手了。"

"尤罗？我明明已经去掉了他的记忆！"

"那小子的记忆没那么容易除去。他早在被你们抓住之前就被洗脑了。"W 指了指后脑勺，"没人再能通过脑机接口连接他的脑子。"

"怎么可能，除了中枢没有其他洗脑方式，你们到底是用了什么？"

"当然是用爱！"说完，W 立刻嫌弃地呸出声。

时间倒退到尤罗在戒糖所被 W 单方面吊打的阶段。

W 脾气暴躁，下手极重，若不是从阿俊那儿学过格斗术，尤罗恐怕会被打断好几根骨头。他就像个顽强的人形沙袋，任凭 W 击打也不还手。

"你这小子真有意思。"

外骨骼甲挥出猛拳能把石壁砸开，尤罗左躲右闪，不让自己伤到要害。

"无论你为何在戒糖所，我都会把你请出去，M 说只有你才能带我回基地。"

"想回基地？" W 面目狰狞，"你那么喜欢我妹，天天缠着我要我带你回去，讲道理，应该叫我一声大哥。"

"大哥！"尤罗脱口而出。

"哈哈，就这志气。" W 被他气笑，一屁股坐在了冰冷的长凳上，对滚在地上的尤罗招了招手，"过来坐，老子休息下。别怕，不打你。"

说着，W 褪了战术外壳，撩起衣服给自己扇风。消瘦可见到根根肋骨的身上，满是圆形暗红色的丘疹，这是 T 型糖尿病患者的特征。尤罗向医生了解过，W 的病需要终身注射胰岛素活命，一旦出现低血糖症必须立刻补偿血糖，否则会有生命危险，尤其是身体消耗特别大的时候。

尤罗摸了摸口袋，掏出最后一颗红色糖豆交给了他。

W 毫不客气地接过，扔在了嘴里，一边咀嚼一边抱怨："甜味真是令人讨厌，老子刀口舔血你叫老子喝奶茶？但是没糖也不行。M 可好？"

"她很好。"在谈及 M 的瞬间，尤罗浑身的刚烈之气隐去，眉宇间满是柔情，仿佛一个再普通不过的青年，"甘蔗的花开了，M 很开心。"

W 的鸡皮疙瘩疯魔般竖起，嫌弃地挪开一个位子。

"我还以为改基因人的感情都很淡漠。"

中枢将两性之爱的乐趣降到低谷，也割裂血缘亲情。人生在世，没了羁绊，唯一的寄托就只有功绩的反馈和遥不可及的崇高理想。W 曾经想改变先驱者，他失败了，幸好最后还是有人成功了。"你是如何做到既食用糖又使用外骨骼甲的？"尤罗问。

W 傲慢一笑："叫哥！"

"哥，你是如何办到的？"

W 渐渐觉得眼前人顺眼起来，青年的身上有着被最熟悉的人调教过的特质。他健壮又谦虚，远比自己这副瘦弱暴躁的样子更像是一个自然人。

"还不是因为老子有病！"W 恶狠狠地嚼碎了糖。

中枢连接的前提是大脑的低活跃，始终处在生酮状态的先驱者就是如此。所以，永光镇害怕的从来不是糖带来的多巴胺，而是血糖升高后被激活的大脑。

W 花了数年时间弄清了这个理论之后，便开始尝试控制自己的血酮和血糖，直到血糖低到可以骗过中枢。他急剧地瘦下来，进入糖尿病酮中毒的状态。那是一种危险的平衡，也只有 W 这样艺高人胆大，发起狠来连自己都虐待的人，才能成功。

"说来也巧，给我捡到了一套缉糖者的外骨骼甲，原本的主人或许是猝死，都没来得及注销 ID，我就顶了他。每 20 分钟这套外壳就会自动连接中枢确认 ID 信息。我做了点手脚，把外壳搞成单机版的，但每次也只能使用 20 分钟。"

W 果然是基地最厉害的科学家，可是尤罗更弄不懂了，W 为何至今还待在永光镇。

"老子还有一件事没有完成。"W 瞥了尤罗一眼，"小子，你和大统领熟不熟？老子要报仇！

W 翻出一个指甲盖大小的电子器件，那是远程侵入外骨骼甲系统的东西。

"你只要靠近他，给他背后安上这个。我做完我应该做的事就回去，带你回去也行。"

此刻，W 俯视匍匐在地的大统领，心中无限爽快。

他弯下腰对那人说道："大统领，5 年前，我抱着拯救永光镇万人酮中毒之症的目的来找你，要求你将中枢和永光关闭，还提供给你外壳的单机优化补丁。你表面上说好，却转眼扣了我的糖，拿去掩盖电击上瘾的致死率，并派人追杀我。这些仇，如今，我要加倍奉还。"

大统领惊恐地看着 W 摸上了永光的按钮。"不，你报复我可以，不可以关闭永光！"

"为了崇高的理想？笑死人了，为了谁都不知道是否真的会来的移民，你准备牺牲掉整个星球的人吗？！8 年前我就说过，只要将永光的电源用作农作，改基因人就不会因为酮中毒死去，根本不需要什么中枢！"

"年轻人，你不能毁灭人类最后的希望。"大统领力不从心，没有了外壳的他虚弱得无法站起，说话上气不接下气，"你以为你是救世主吗？

"我不信神，只信仰科学，科学便是令所有人获得真相的权利。"

他要告诉所有愚蠢的先驱者，中枢是如何用梦境控制他们的渴望，又是如何以基因改造的方式控制他们的一生。

"真相有什么用！哪怕真相会令人绝望你也要公之于众？"

"什么意思？"W 失去耐心，一把揪起大统领，"别浪费时间，告诉我关闭密码，否则我一根根砸断你的肋骨！"

"W，住手！"

尤罗的身形和声音从左侧袭来。W 一个隔挡将尤罗弹开，但尤罗很快调整策略，又朝他冲来。在没有任何防护的情况下，尤罗企图赤手空拳阻止武装到指尖的 W。"脂肪塞了脑子吧，竟然还惦记着什么狗屁理想！"W 对他的倒戈愤怒不已，一脚将他踢开。可下一秒，他又不死心地黏了上来。

"和崇高理想无关，永光不可熄灭！"

尤罗出生在永光镇，深知永光对每一个先驱者的意义。虽然大统领满口谎言，但他有一点说得没错。先驱者是有理想的，也只剩理想了。

如果仅剩的永光消失，理想随之崩塌，那么这数万人该何去何从？大树倾倒，树叶死亡，在做好准备之前，不能轻易将大树连根拔起！

尤罗急于阻止 W，胸口露出了破绽，W 冷笑一声，一拳将他揍得飞起。

W 摸出手枪，冷道："再过来，休怪我不客气！"

W 是不理智的，从穿上外骨骼甲的那一天起，他就失去了理智。尤罗不要自己经历过的伤痛和没必要的悔恨再出现在 W 身上。他是 M 爱着的兄长！

现在是扭转局势的最后机会。尤罗一咬牙，奋力扑向 W。W 也在同时拉开了手枪的保险。

"W！"拐杖敲击地面发出了清脆的响声，"住手！"

"父亲！"W 浑身一震，不可思议地看向来人。

"老 H，你竟然还活着……"大统领见鬼一般。

阿俊搀扶着 H，走到几人之间。H 混浊的目光扫到了尤罗，他皱了皱眉，似乎在说，这家伙怎么阴魂不散。他又缓缓转向了瘦得不成人形的 W。

"孽子！不可关闭永光。"

"但是父亲！"

"自己看看，永光到底是用来干什么的！" H 熟练操作起控制台，这一幕令除了大统领之外的所有人都吃惊不已。

显示屏上很快出现永光的参数解码，光波向宇宙辐射出一行行不断重复的清晰代码。那并非引导移民飞船的通路，百年来，它不断传播着同一条信息：救救我们，我们被困在太阳系第三行星，资源已经耗尽，救救我们！

太阳系的第三行星不就是……

"这里是地球？" W 难以相信，他们竟从未离开过故乡，"那崇高的理想，倒计时牌……"

"没什么崇高理想，倒计时计算的只是这个星球资源耗尽的时间。" H 沉重地说道，"再有 90 多年，地球将成为冰封的冻土。"

人类的历史从来就是纷争的历史，最终的大战毁灭了地表及之下 10 公里的一切。人类文明瞬间化为沙砾，所有生命荡然无存，整个星球仿佛被狠狠刨去了一层带血肉的皮。

再之后，大气中密布尘埃和水汽，没有一丝阳光能透进来，星球一片死寂，逐渐进入冰川时代。

唯一还活着的，是大战前就部署完毕的星际拓荒飞船中沉睡的先驱者。他们早在出发的多年前就进入深眠，待命于地底。一切就绪，只因大战爆发，中枢受损，"远征号"并没有起飞。

坏掉的中枢，为保存人类最后的火种，擅自更改了计划，并删除了大部分属于地球纪元的记录。数百年后，风化的土壤使飞船露出地面。当先驱者们苏醒，打开舱门走到荒芜的地表，殖民地改造工作便如期开始。

若不是统领部在 20 年前观察到地表的异常光波辐射，发现了埋在地底的存冻人，先驱者可能永远不会意识到，自己从未离开过即将毁灭的故乡。

中枢将整件事隐瞒了下来，并派出永光镇最聪明的 H 作为自然人的监护人，远离永光镇生活。

H 的使命除了隔绝两种人的来往，也通过之前观察异常光波辐射的办法，搜寻还存在于地下掩体的自然人，以及任何可以使用的科技，并培育他们。

必须在资源用完之前，为仅剩的人类找到出路。而这一真相，不可以被先驱者们知道，否则世界大战将会在这区区一万人中再次上演。中枢见识过一次只因为某几个人的私欲而降临的末日。

这便是中枢告知统领部的答案。"全都是……骗局？没有殖民飞船，我们都要冻死了！" W 大笑出声，发狂的双目几乎要瞪出来，"你们怎么可以骗了所有人？给人不切实际的希望？"

"不然呢？看着一万多人互相残杀，争夺仅剩的资源？" H 的拐杖敲击着地面，仿佛人类灭亡的倒计时响起的声音，"中枢没办法再让万人进入沉睡，只等降低能耗到最小。这不是它的错，只是最坏的选择。回去吧，孩子，回到你真正的使命中去。"

W气得浑身发颤。

"不，我不会妥协，我不会把人类的命运交给机器，或是你们这些老古董手中！"

"永光不能给你，但我的命可以。"大统领牢牢抱住了W的腿，"不要做出错误的选择。"

"我要你的狗命干什么？"

W一脚踹开大统领。也就在同时，尤罗发力，一跃而起，将W扑倒在身下。

"我一直都想谢谢你。"尤罗使出全身的力量控制W，任凭对方击打毫不动摇，"谢谢你曾经试图挽救我的妹妹景希。"

W皱眉，一拳击向尤罗的脸面。尤罗歪了一下头，左眼乌青一片，嘴角渗出了血，却笑了。W又挥出一拳，几乎要把尤罗的鼻梁打歪，但无法打掉他脸上的笑意。

"你笑什么？"W咬牙切齿，"看人白费精力，很可笑吗？愚蠢的改基因人，你还是站在永光镇这边！"

"我站在尚有希望的一边，没有人可以决定人类的命运，"尤罗冷静地回答他，"你也不行！"

W剧烈起伏的胸口渐渐平复，眉头缓缓松开。他不再激烈挣扎，只是不能理解地看着那张被打得鼻青脸肿的脸："难道就这么放弃？"

"不，没有放弃，我们还有 90 年。"尤罗带伤的脸上笑意加深，"M 种植出成片的可食用植物，一切都会变好的。"

"你什么时候变得那么天真了，缉糖者？"

"大概是吃了糖以后。"尤罗如实回答，"糖真的能让心情好起来。"

他的话果然逗笑了 W，暴戾的青年突然歪着脖子质问 H ："父亲，您早点说啊，看我都瘦成这样了才告诉我不用减肥，太过分了吧！"

"我这不是在酝酿嘛，说来话长，谁叫你一走了之？"

"老爷子！消气，消气！血压要高了！"阿俊赶快打圆场，"我们先离开这里，马上中枢就要完成重启了。"

"阿俊，你是不是早就知道？"W 立刻把矛头对准了从小到大的伙伴。

"我当然不知道，老爷子从未向我们说过这些，要不是为了你，老爷子一辈子也不会说。"

说话间，尤罗放开了 W，退到一边，将大统领扶起。

他知道 W 已经想清楚，像 W 那么聪明的人，怎么会不明白应该做的事。倒是自己，不再有立场站在他们的身边。说到底，他们是不同的。尤罗竟然能想象 M 知道事情经过后暴怒的表情。她哪怕生气都显得那么可爱，只可惜……

"你这小子到底来不来？"H 浑厚的声音如钟鸣，"我绝不能放任知道真相的改基因人继续生活在永光镇！"

尤罗被猛推了一把，战术外骨骼甲的力量几乎将他推到永光塔外。

"走了，回家。"W 说道。

待他们离开，一人从柱子后走了出来，黑亮的皮靴映出大统领虚弱的脸。

"厉行……厉行，救救我。"大统领向他伸出手。

厉行打着哈欠，懒洋洋地蹲下看他。

"大统领，他们不要你的命啊，我要。"说着他微微一笑，捡起 W 掉落的枪，眼都不眨地朝统领的心口连开数下。

管他什么地球，什么世界毁灭，百年之后与他何干？

厉行不在乎这些，只关心功绩。前几年用一场意外干掉总长之后，他累积的功绩又到了天花板。唯一比他职别高的位置就是大统领的宝座。现在终于没有人阻挡在他的面前，只要当上大统领，他就有全城最高的系数，能购买更高等级的梦。人类的欲望啊，真是永远无法满足。

厉行慢悠悠地擦掉枪上的指纹，涣散的目光好像已经在梦中。他突然又想到，到底是谁发来的基地坐标，帮了他的大忙。

"到底是谁泄露了基地坐标？"回程中尤罗忍不住询问 W。

据阿俊说，这次导弹攻击时间相当诡异，正好是基地全体人员被医生拉出去越野跑的日子，医生就连坐轮椅的 H 都没放过。等他们听到巨响回头看时，基地已经被炮弹攻击，而唯一留在基地照顾开花甘蔗的 M 也不知所终。"不用想了，多想伤脑子。"W 并没有直接回答，却是一副心知肚明的样子，"我就告诉你一点，女人疯起来很可怕。你可以满世界都有仇家，但不能让一个聪明女人惦记着，因为她会拉上所有人毁灭世界给你看。"

"又皮痒了？"

前座传来医生的声音，W 立刻收了声。

尤罗惊异地看向医生，仿佛瞬间明白了什么。

或许医生从来没有停止过寻找 W，或许所有的一切都是更极端的方式，因为她了解 W 的固执和坚持。可是这种事，尤罗死也不敢问出口。他很怕医生，就像基地的每一个人。

车子一个颠簸，怀中的睡梦人终于醒了。

M 迷糊地睁开眼睛，不太明白自己的处境。这次计划所有人都自动将她排除在外：一来小公主天真善良没有演技；二来她若是真知道尤罗的打算，一定会像现在这样……

"你滚开，你这个永光镇的浑蛋！"M 愤怒的小拳拳击打尤罗的胸口，每一下都用了十足的力量，"放开我，立刻放开我！"

"不放。"尤罗轻声说，双臂小心护着，生怕她一不小心弄伤了手。

M 就要哭了，尖叫着不甘示弱："你不是去实现崇高理想了吗，别再来烦我！"

"崇高理想是所有永光镇先驱者的共同理想，而你……"尤罗眼中满溢情愫，"而你，是我一个人的未婚妻。"

"滚蛋，老子还没答应呢！"W怒吼。

"哥哥？"M这才发现身边还有人，她不可思议地打量瘦成竹竿的W，"哥，你是如何减肥成功的，赶快告诉我啊！"

尾声

眼前的基地只剩残垣断壁，原本郁郁葱葱的植被片叶不留。M看呆了，他们在这里生活了好几年，如今已荒芜一片。

"这是必然的，我们本来就要离开这里。"阿俊安慰她。

M眼圈发红，她冰冷的手心被尤罗塞了一罐糖。

五颜六色的糖果在灰暗的背景下，显得那么不真实却又充满希望。仿佛无论身处何种困境，无论走上怎样的绝路，只要嚼一嚼就能感到幸福。

她迫不及待地想拧开瓶罐，可瓶盖已被压迫变形，尤罗伸手用力一拧。M的注意力立刻被他发黑渗血的手指吸引，糖罐是尤罗徒手从废墟中挖出来的。"往北边去。"W面对无尽的灰暗，对众人宣布，"在北面，我们已经检测到有异常的光波辐射，如果真有人在，我们必须找到他们。"

“可我的甘蔗怎么办啊，它们刚刚才开了花。”M 的心血被毁于一旦。

“M，我还找到了这个。”尤罗黑乎乎的手里出现了一颗不起眼的果实，圆滚滚的，有拳头那么大，一时间难以辨认到底是什么东西。

W 走向两人，有趣地瞧了眼尤罗：“不掰开看看？”

尤罗稍一用力，灰不溜秋的果实被一掰两半，露出鲜红漂亮的内心。

“是甜菜！”M 惊喜地叫出声来。甜菜比甘蔗更适合寒冷的气候。

表象可以被毁灭，生活或许会有不幸，但如果把希望的种子播种在更深的土里，一切就能再生。只要人类还在，亲爱的 M，就请你继续制作甜蜜的糖。那是我们所有人都会为之战斗，拼死守护的希望。

W 捏了捏 M 肥嘟嘟的脸蛋，语重心长地说：“少吃点糖，不然会更胖。”

未来的我们

一、异类

一对带翅膀的蚂蚁，从培养巢里起飞。

那脆弱的，几乎一吹就断的小翅膀，顽强震颤着，承载起整个种群的新希望。

突然，"刺啦"一声，所有希望化为焦烟。

"冷挚，你都干了什么！"我怒瞪手持电蚊拍的家伙，难以置信，"我的新蚁后被你杀了！"

"蚂蚁怎么会有翅膀的？"青年指着凶器上的焦黑辩解，"我以为是苍蝇！"

有翅膀的蚂蚁的确罕见。

通常在蚂蚁的种群中，蚁后的信息素会扼杀所有雌蚁的生殖能力，使它们成为一辈子劳碌的工蚁。但也会有少数雌蚁，在蚁后信息素减弱时，生出翅膀与雄蚁飞出升天，成为新族群的蚁后。

这是蚁族的婚飞，普通人很少知道。

即使是冷挚那样的遗传学家，在我面前也只是个缺乏昆虫冷知识的普通人。

"蚁后多少钱一只，我可以赔你的。"冷挚耸了耸肩，毫不在乎，"你知道我组的研究经费向来比你阔绰太多。"

他说得没错。在世界人口锐减至 10 亿的今天，遗传学家已站在科学鄙视链的最高处，他们掌握的是繁衍生息的重要学科。至少在我们明日计划项目组中是这样。

可我也不愿输给冷挚，就算只是口头上。

"作为一个遗传学者，你想过自己的遗传因子失传是件多可悲的事吗？"

冷挚讥笑："说得好像你有兴趣结婚生子一样，我看你最后一次牵男人的手，恐怕是搀扶老头过马路吧！"

放在过去，我们的行为会被看成两只单身狗对咬。而在经历了人类大灭亡之后，单身不婚无子主义反而是趋势所向。

既然不能保证给孩子稳定的未来，也没有时间照料他们，为何又要将他们生出来呢？

"对不起，打搅一下，我要请假。"一个女性的声音打断了我们的互相调侃。

是我实验室的助理丽娜。

每个人都有自己的选择，就像我选择单身，丽娜选择多生。

比起我那少得可怜的学术成果，丽娜硕果累累。她是 3 个孩子的妈，肚子里还揣着一个，每月收到的政府生养抚育金，是我研究员工资的 5 倍。丽娜一周工作 3 天，经常请假，反正不缺钱。我真怀疑她来上班的目的只是逃避在家带娃。

世界上大约有一半人和我与冷挚一样坚持独身，而另一半的人则与丽娜志同道合。我们互相称对方为"另一边的人"。

这只是个人的选择，并不存在高低之分。

不过，我曾经看过一个采访。采访中无论是成功的银行家、伟大的学术带头人，还是追求心灵满足的贫穷背包客，都明确地表示：不恋爱，不结婚，不生子，使自己有更多的时间工作或感悟人生。

因此，目前的精英阶层或透支每一张信用卡的享乐派，基本也是源自我们这边。

打发了丽娜之后，冷挚依旧是嘲笑的嘴脸："生娃真的来钱快，作为女性，你应该把握优势。"

"我是献身科学，很崇高的。"其实我就是懒得恋爱，而且很多人和我一样，像惧怕病菌一般抗拒着恋爱，比如冷挚，"你就别一百步笑五十步了。"

不一会儿，刚才出去的丽娜又折回来了，她看我的眼神带着一丝奇妙，说道："博士，有人找你，捧着一束……玫瑰。"

"是快递吧！"我又想了下，"我没给自己买花呀。"

实验室外的男子显然不是快递员。他身着价格不菲的笔挺西服，手捧鲜花，脸带神圣，像是坛前丞待宣誓的新郎。

看年纪这人应该是比我要大上一轮。他保养得很好，也故意打扮年轻，见到我的时候，眼睛都亮了起来。

"你好，我是言韶，你或许忘记我了，但我，我……"他试了几次，都激动得情难自禁，急得脸涨得通红，目光却紧紧地、热切地锁着我。

"我不认识你。"我冷淡回答。

"我看了你的论文……我觉得，我觉得……"他依然磕磕绊绊，鲜花被他捏得微微发颤，他深吸一口气调整状态，终于说出了一句完整的话，"请以结婚为前提与我交往！"

我翻了个白眼，当着他的面把门摔上，转身向实验室嚷道："冷挚，你的电蚊拍呢？借我用下。"

二、骚动

言韶的出现使我不堪其扰。

他就像个跟踪狂一样，渗透到了我生活的方方面面。无论是实验室、上班路上还是小区门口，我们都能"偶遇"。他经常提起星辰大海，说很想与我去海边兜风。

最后，我实在忍不住："言先生，你再跟着我，我就要报警了。"

言韶有一瞬间的难过，不过很快又振奋起来："当我终于找到你的时候，我就知道是你。是你让我心跳加速、呼吸急促，甚至血液沸腾，我知道非你不可。"

我最怕和另一边的人沟通，丽娜还好，除了特别能生之外，人还算聪明。可眼前这位，明显是没有逻辑的。

"言先生，从科学的角度来讲，你见到一个人就呼吸急促、心跳加快，心中有股热血横流，是神经兴奋剂苯基乙胺分泌产生的生理效果。"我已贡献了最大的耐心提点他，"这不是爱，只是荷尔蒙过剩。我希望你能冷静一下。"

然后，我就报了警。

机器警察3分钟内赶到，把震惊不已的言先生拿下。

在人口衰退的现代，机械代替了多工种岗位。不光警察局按报警严重程度派机械警察出警，就连餐厅、物流等各类服务业，也基本看不到活人。

我朝呼啸而去的警车挥手告别，转身回到研究所内。

很可惜，言先生没有学乖。

之后，他不再物理跟踪我，而是采用更加夸张的手段逼我就范。光无人送货机空运来的奢侈品礼物，就足够抵我5年的薪水。

我知道另一边的人，在政府补贴下通常很有钱，又经常闲得发慌。金钱堆积出来的求爱攻势，简直是对我这种勤勤恳恳工作、不计回报奉献之人的响亮打脸。

我真是……揍他一顿的心思都有了。

冷挚照样还是来我的实验室闲聊，冷眼旁观我与我的追求者的拉锯战，并说那男人肯定坚持不了一周，因为我那作为女性的吸引力，也就够支撑7天。

"是看不起我咯？"我怒道。

"你关于蚂蚁社会性的论文漏洞百出，不堪入目。"

"什么？！"

他耸了耸肩："你看，这才是看不起你。你不是另一边的人，不应该以异性吸引力论短长。顺便说句，*Natrue*（《自然》杂志）上的论文我看了，很有深度。"

冷挚这人相当傲慢，就算赞美别人也总是一副不屑的表情。但我不得不承认他的话的确安抚了浮躁的我。

我又把注意力从奇怪男人的求爱，转回到蚁巢中。

很可惜自从被冷挚残害，蚁巢一直没有诞生新的蚁后。老蚁后或许是加强了防范，释放出的信息素扑灭了所有雌蚁的生殖渴望。

7天之后的雨夜，我又在实验室外看到了等候许久的言先生。

滂沱的雨势根本不能用伞阻挡，言韶原本可以待在车里的，却怕错过我而不得不撑伞站在街头。他已浑身湿透，不断地咳嗽，双颊泛着病态的红晕。

"年纪大了，身体不太好。"言韶解释道，"你退还的礼物，我收到了。不过我买了新车，有人告诉我，年轻女孩喜欢这个颜色，送你。"

他指了指停在路边火红又招摇的豪车，想把车钥匙交给我。

"无功不受禄。"我冷言相向，头也不回地走了。

没走出几步，就听到背后"扑通"一声。

言先生原地栽倒，他高烧的身体已经支持不住。

"别把我送去医院，我会被抓走的。"他及时阻止打急救电话的我，挣扎着说道，"躺一会儿就会好的，你要是有事就先走吧。"

虽然他很讨厌，但我也不能把人扔在水塘里，万一死了，警察会根据报警记录找到我，况且那辆新车看上去不错。

出于人道主义和脑子一热，我开着新车送他回家。

言先生住在市中心的公寓。虽是高档地段，设施先进，但入住率同样低迷。

人口衰退引起社会收缩，楼市成为泡沫，那些依靠刚需为支柱的产业几乎崩盘。各国政府不惜一切代价护盘，防止经济崩溃，也多亏了另一边的人们奋力生娃，这才让许多城市免于成为空城。

不过，我没想到的是，与豪华公寓十室九空的状态一样，房间里也冷冷清清。言韶的家没有家具，没有摆设，甚至连一张床也没有，四壁空空，像一间冰冷的监狱。

"我是为你而来的，其他的事都不重要。"言先生虚弱地说。

我发抖了，害怕得发抖，我想立刻逃跑，但他拉着我的手掌太烫。

于是，我叫来了冷挚。

"你是打算……让我宰了他？"

冷挚不太确定，我也不太确定，自己都不能理解把言韶弄回来的原因。

"我不知道如何照顾病人。"我说，"我从来没生过病。"

"你以为我知道？"冷挚白了我一眼。

"你不是一直自诩比我聪明吗？"

最终，我们四处买来了药和被褥，把言先生安置妥当。

一直等到半夜，言韶的高烧退了。

"这个人有点奇怪。另一边的人从来不会追求我们这边的。"冷挚点了根烟，靠在窗台，"他连你都追，已经不能用眼瞎来形容了。"

我深深感受到了冷挚对我的鄙视，但我的确也不相信这个世界有谁能一直不求回报地爱着谁。

所谓的爱情，其实是能用公式计算的化学反应。我们这边的人都非常清楚不恋爱的原因——那实在是太浪费生命。

要说言韶不屈不挠的追求到底影响了我什么，或许只是吹胀了我的虚荣心。

"你才眼瞎，言韶的眼光多好。"我反驳冷挚，"这说明，就算我不是另一边的人，还是魅力无穷。"

冷挚冷哼："就你这灭绝师太，能给人追上一次，算我输！"他似乎不太高兴，抽完一支烟就走了。

当月亮的光线从落地窗爬进来，摸到言韶脚踝的时候，他醒了。

言韶迷茫地望着我，就像望着梦境。

"没想到我会把你运回家吧。"我调侃道。

"不，我只是害怕醒来时，你只是我的梦。"他认真地看着我，眼里盈满泪光，像是盛着世间所有的美好。

或许是言韶的眼泪将我打动，也或许我实在太想赢冷挚一次，我做出了一个至今都觉得神奇的决定。

当我在实验室宣布我和言韶在一起之后，冷挚不小心打破了他跑了 2 周的电泳管。

三、双生子

我的不婚主义源自青春发育阶段。

那个时候，我就发现男女关系并不能成就我。与其花心思打扮自己，招蜂引蝶，不如好好读书，将来获得事业上的成就。

也就在那个时候，同学之间有了区别。有一批人和我一样对男女之情毫无兴趣，而另一批人则把宜家宜室当作人生目标。

正是没有感情拖累的这批人，成了推动社会发展的主要力量。而热心于家庭经营的男女，则始终活在自己的偶像剧里，恋爱，分手，结婚，离婚又恋爱，生下一个个有着不同基因序列的子女。

我没想到，有一天我会被来自另一边的言韶困扰到不得不放下原则。

"烈女怕缠郎？妥协了？"

我辩解："电视上就这么演的，只有得不到的才是最好的，那我就让他得到，他才能很快冷静下来，不骚扰我啊。"

"你的逻辑开始混乱了。"对于我"欲纵故擒"的手法，冷挚并不认可。

可能是冷挚对男性的理解远胜于我，我本以为的感情退潮期并没有出现。

言韶在欢天喜地和我在一起后，越来越大胆地涉足我的生活，甚至还敢对我动手动脚。每当我宣称要报警时，他才有所收敛。

我很苦恼，在写下第 1023 篇切叶蚁的观察日记后，抬头看了眼正在观察蚁巢的冷挚。

他几乎立刻注意到我的眼神，抢在我之前开口："我不想听你和言韶的事，我马上就走。"

"但是我想说啊。冷挚，我们是朋友，朋友就应该互相倾诉。"我努力让自己看起来很委屈的样子。相处那么多年，我早就知道这位同事的脾性，他虽嘴欠，良心还是不错的。

我眨巴了几下眼睛，眨得我眼皮都酸了。冷挚终于忍耐着坐了下来，一副饱受折磨、交友不慎的样子。

"你最好快点说。"他看了下表，"20 分钟后我和汪博士有约。"

"汪博士，汪洋？"我立刻想起了那个大名鼎鼎的诺贝生理学或医学奖获得者。

冷挚不喜欢汪洋，因为汪洋很可能是唯一可以在学术及傲慢程度上碾压他的人。

我不禁好奇："你找汪博士做什么？"

"有件棘手的事，得请人帮忙。"

有什么天塌下来的事，能让冷挚低下高贵的头颅？本来想要讨论的事立刻显得不那么重要了。

挡不住我的追问，冷挚解释道："东区发现了一堆尸块。"

"尸块……你还管凶杀案？"

冷挚白了我一眼："凶手应该是没来得及把尸体全部溶解就被人发现。为了确定死者身份，法医做了基因比对。"他顿了顿，"和警方已知的基因库比对，死者应该在两个月前就在西区死过一次，死因同样离奇，还未破案。警察来找我验证，世界上是否存在具有同样 DNA（脱氧核糖核酸）的人。"

哺乳动物的个体之间不存在相同的 DNA，哪怕是孪生子都无法办到。我有一种不太好的预感，总觉得事情不简单。

"冷挚，你还是不要深究了，那是警察的事。"

冷挚没采纳我的建议，他对事有恐怖的钻研态度。后来我们又聊过几次，案件没有进展，倒是另一边的言韶先提出了不满。

"不要和冷挚走得那么近。"言韶很少对我提要求，他说完马上就露出了抱歉的神情，"我的意思是，你和冷挚在一起，我会感到恐慌。"

"为什么？"

"因为，他……他比我年轻。"

我从没问过言韶的年龄，他看上去的确比我们年长。

"我当冷挚是同事。"

"你也可以当我是同事。"

"你会跑电泳，会洗试管吗？"

言韶摇了摇头："我会写诗。"

对话在我的狂笑中尴尬结束，可是言韶的生活竟然在我的实验室里有模有样地开始了。他就真的赖在我这边，刷起了试管。

"言先生就没有其他工作吗？"我就纳闷了。

"不重要。"言韶说，"我家的积蓄很多。"

这倒是看得出来的。

丽娜见终于有人帮我，就请辞回家待产。而我也真的长久地没见过冷挚。他总不在研究所，东奔西跑，不知在忙碌什么，或许还在追查凶杀案。

在我身边的人，突然就只剩下言韶，刷试管的言韶，一起吃饭的言韶，我说的他都不懂但很认真听的言韶。

他像一只侵入蚁巢的甲虫，在抗住兵蚁的轮番撕咬后，逐渐沾染上了蚁巢的气味，变得难分你我。

四、浪漫

几天后，我得到一次出外勤的机会，实在熬不住言韶的反复恳求，终于把他也带上了。

"要是下次能去海边就好了。"言韶得寸进尺，小声嘀咕。

我真是哭笑不得，他对和我去海边兜风有着惊人的执着。

"出来不是玩的，我的工作很无聊，你可以在帐篷里等着。"在抵达目的地后我告诉言韶，"我会在月亮升起时回来。"

因为那时，蚂蚁已全部入窝。

广袤的草原上，我找到一处隆起的新鲜泥土。在蚂蚁们频繁进出的通气孔中，我小心插下了用来捕捉蚁后的导管，趴在了地上，慢慢地、小心地往前探索。

蚂蚁是从恐龙时代就遍布全球的物种，至今已演化出了11700多个品种，几乎存在于任何地方，是世界上抗自然灾害最强的物种。

抗灾的耐性源于它们独特的繁殖方式。

通常，在蚁群中，都是一只蚁后与多只雄蚁担负起传宗接代的工作。其他雌蚁均在蚁后的控制下，退化成没有性别的工蚁，终日劳作。然而，也有些庞大的蚁群根本没有雄性的存在。

比如我眼前的 M 斯氏蚁。

M 的社群全部由雌性组成，蚁后直接产下的未受精卵成长为工蚁，每一只工蚁所携带的DNA完全与蚁后相同，这是动物界罕见的"孤雌生殖"或称"无性繁殖"，用一种大家都觉得很科学的方法来说，就是克隆。

之前我和冷挚聊过蚂蚁的无性繁殖。他的意见是，无性繁殖并不适合动物种群，克隆阻止了基因重组的可能，也破坏了引发进化的突变。长此以往，无性繁殖的种群必然灭绝。

但冷挚无法推测出准确的灭亡时间，相信这次的野外采集能令他更精确地得出结论，如果他能暂时放下研究尸块的话。

我终于颤颤巍巍地抓获了蚁后。比起工蚁，它大得惊人，我小心将它安置在收养管内，一抬头，草原已被繁星笼罩。

可能是没吃晚饭的关系，站起的瞬间，我眩晕得几乎要倒下。我抱紧收养管，准备接受跌倒带来的疼痛。可此刻，后背却落入了一个温暖的怀抱。

我转过头看了眼言韶，惊讶道："你怎么来了，我不是叫你待在帐篷里吗？"毕竟没几个男人忍受得了在野外的星空之下陪女伴挖土。

"你还是喜欢研究这些，一点没变。"

有时候，我觉得言韶语气太多熟稔，我们才认识三个月，却感觉他认识了我很久很久。

他试探着，从背后轻轻地抱住了我。或许是累了，或许是习惯他总出现在身边，我并没有反抗。"我每天醒来，都以为自己又在做梦。"言韶的气息在我的耳边吹拂，卷起了一阵温热的风，"只有现在，我能触碰到你，听到你说话，看到你的眼，我才能确定我真正地找到你了。对不起，之前我的表现就像是个变态，但你一定不知道我找了你多久。"

我慢慢转过身来，不解地望着他："我们究竟认识了多久？为什么我对你完全没有印象？"

"或许是一辈子吧。"

他笑，带着点悲切，满天的星光仿佛都落在了他明亮的眼中。

另一边人的浪漫主义思想，始终是我无法理解的。

投身事业总会有成果回报，放飞自我则能获得心灵的满足。而执着于感情，执着于某人，则可能遍体鳞伤，以失败告终。

这是明知的结果，另一边的人却比我们更加坚定、更加勇敢地沉迷于此，义无反顾。

"我没有你想象的那么好，言韶。"我内疚地坦言，"我或许永远无法回应你的需求，或许……"

他修长的食指点在了我的唇上。

"你不用回应的，只要不躲开我就够了。这次，我会一直在你的身边。无论多少年，无论多么远。"

我又发抖了，他以为我冷，将我拥得更紧。可我知道，浑身的战栗是丢盔卸甲的前兆。

当他低头吻我的时候，我没有躲开。

五、离开

这次两人的旅行加深了我们的关系。然而，就在我犹豫是否要更进一步时，言韶却突然消失了。

什么"一直陪在你的身边"，真是宁可相信世界有鬼，也不能相信男人的嘴。想想之前的荒唐事，我绝不能只当是"被狗咬了"，一笑而过。

"状态不好？"冷挚明知故问。

本以为他会继续挖苦我莫名其妙的失恋，可是他没有。我猜，或许是在外面见过世面了，他的心胸也变得宽阔。

"你的碎尸孪生子怎么样了？"我换了话题扔给他。

"我查到了一件事。"冷挚打开手机给我放了一段视频。

视频上那辆红色轿跑相当拉风，而驾驶座上的正是我不见多日的前男友。随后，有人上了他的车。

那个人的脸我在哪里见过。哦，是冷挚在调查的孪生子中的一人。死去的两个人各方面都是一样的，从视频上很难判断到底是哪一个。

"给我看这个是什么意思？"我警惕地问道。

"这段路面监控视频在我通过加密服务器下载后几秒，就被全网删除，有人不想被人知道言韶与案件的关联。"

"有什么关联，或许言韶只是专车司机？"

"我现在没有心情开玩笑！"

"好啦。"我瘪了瘪嘴，尽可能地揣度冷挚的善意，"所以，你想告诉我，言韶是卷入了某次事件中，并不是对我厌倦了而抛弃了我？"

"不是猜测。我们的人跟踪了言韶，他虽然与碎尸案无关，但碰巧也被发现了一些事……"冷挚定定地看着我，欲言又止。

他很少有这样的表情，出口伤人已经是习惯，但此刻他却像是在顾及我的感受。

"你们不再见面或许是件好事。"冷挚继续说道，"而且，并没有案例显示另一边的人可以与我们保持长期关系，最近……"

话音未落，研究院主任便从门口踱步而来。

主任和冷挚一样，用一种欲言又止的目光看了我很久，终于从文件夹里拿出一份材料递过来。

"你被辞退了。"上了年纪的主任说道。

"为什么！"我跳起来，"为什么要解雇我，我做错了什么？还是我不够优秀？"

"你很优秀，也没有做错任何事，但是你知道研究院并不缺优秀的人。"主任叹了口气，"其实是暴风科技董事会的意思，我也不知道为何他们会突然关心一个研究员，这是你的辞职材料，希望你能理解。"

当然不能理解，我还想争辩什么，冷挚已冷静地将我拉开，像是早就知道了事情的结果。

"主任，您放心，我会看着她离开的。"

"能让我把蚂蚁搬走吗？"我小声坚持了下，"我繁育了它们十几代，很有感情。"

"有感情？"冷挚耻笑，"你要是在印钞厂工作，被辞退的时候，因为对钱有感情，会要求带走流水线上的现金吗？"

这个人总是嘴上说着无情的话，又回头帮我一把。在主任安心离开后，冷挚帮我打包，并把我送回了家。

很显然，他还有话对我说。可我没心情了，有什么比失恋之后还失业更悲惨的事？

"不是你的问题。"他眼色平静，根本没有一点安慰的表情，"言家是暴风科技的董事，言韶的家长不同意你们来往。这就是我刚才想告诉你的，没想到他们动手那么快。"

一瞬间，我什么都明白了。

我和冷挚都隶属暴风科技公司的明日计划项目组。项目的宗旨是提升人口数量，优化遗传特性。

作为员工，我们这边的人再好用不过，个个吃苦耐劳，心无旁骛。但如果是言韶的女友，那我的不婚不生主义就十恶不赦。另一边的人的人生绩效是以孩子的数量来衡量的。

"你想和言韶结婚，生下他的孩子吗？"

"当然不想。"我莫名地看向冷挚，"为什么这么问？"

"没什么，我只是确认下你现在是哪一边的。"他似乎是想到了什么，有趣地看着我，"你应该读过罗密欧和朱丽叶的故事。"

"为爱情，14 岁叛离家族私奔，最后双双死在神坛下。"我当然读过，"你说，我们 14 岁的时候在做什么？"

"攻读提前批次录取的哈佛生物系预科。"冷挚回答，"我们是同学。"

正如冷挚所言，我们这边的人活得都非常卖力：追求自我的，放飞人生大江大海任畅游；追求事业的，谁都没有停下脚步，总在你追我赶。

因此待业在家的第二天，我就像失去蚁后信息素指挥的工蚁那般，没有了头绪。

窗外偶有孩童嬉戏的声音，还有人拿石子打我家的窗玻璃，那是另一边人们的孩子。他们花了大量的精力和时间用在建立稳定的关系及照顾幼儿上，政府也给了相当的回报。我曾一度觉得那是浪费时间。

如今看来，并不全是浪费。

至少他们不会像我这样，除了工作，一整天都无所事事。他们死了还能被人纪念。我环顾自己被工具书和蚂蚁试管塞满的房间，竟觉得寂寞。

这些东西，在我死后，一样都不会留下。

我想，我该出去走走了，一直想去海边却从未成行。因为那里没有蚂蚁，没有可以作为远行的借口。

"咚咚"，窗子被小石子敲击的声音越发明显，我装出生气的样子，准备把那些小孩臭骂一顿，一开窗却吓了一跳。

"我又找到你了，亲爱的。"言韶费力地趴在窗边。

秋天干燥的风将他的碎发吹起，露出俊脸上深浅不一的伤痕以及额角干涸的血迹。

他笑得如此欢愉，仿佛宝物失而复得。

六、重逢

对于身上出现的各种伤痕，言韶的解释是他遇到了车祸，新买的轿跑毁于一旦。他并不知道我和冷挚发现的事，只说和家人发生了冲突，已叛离家族。

"是为了我吗？"我明知故问。

言韶尽量装作若无其事，闪避的眼神还是出卖了他。

我的心情很复杂，有些事必须说清楚："我没那么爱你，也不会和你结婚生子，现在还来得及后悔的，我没什么可以回报你。"

"为什么非得有回报呢？"言韶激动地站了起来，扯裂了伤处也浑然不觉，"爱是没有理由，也无须回报的。比如同性恋，你觉得他们是为了生殖目的在一起的吗？"

真是石破天惊的金句啊，不过我最讨厌有人和我辩论了："同性恋是因为基因出了问题，他们的基因错乱了！"

"那你就当我的也错乱了好了。"

言韶的腹部渗出了血，他不愿去医院，我只能帮他简单包扎，伤口仍深可见骨，此刻他无暇顾及，涨红了眼，急切地想向我证明自己的爱。

明明他已经背叛了整个世界，为我而来了。

我浑身发抖，身体里仿佛有一股被尘封的感觉渐渐复苏。我疑惑地轻轻抚上他的脸，用力擦去从男人眼里滚落的泪，那热度几乎烫伤了我的手指。

突然间，我觉得什么都不重要了。我踮起脚，在言韶的诧异中，献上了双唇。

这个亲吻像是偷来的，我从来没有觉得心跳得那么快。

之后，我们很快就搬离了我的公寓，我是担心言家的人不会这么轻易放弃言韶，当然我也不会。

为了让言韶的身体尽快恢复，连续一个月我们都东躲西藏，像是一对欢乐的亡命鸳鸯。

在言韶终于可以重新跑动之后，他再一次提议去往海边，说好几年前就在那里安置了住处。

这倒与我原本的打算不谋而合。出发之前，我告诉言韶，我必须去与朋友告别。

"好吧，我等你。"言韶拉着我的手，真挚地望着我，"这一次，你一定要兑现诺言。"

"我以前答应过你什么？"

他苦笑了一下："没有。"

说实话，我从没想过有一天会离开实验室，离开冷挚的冷嘲热讽。当冷挚真的坐在我面前，我竟有了不舍的感情。与他告别，就像是在告别我的过去。

"准备找新工作了？"冷挚从包里翻出几张名片随意地丢在桌上，像是丢掉小广告那样，"我有些认识的学者在找合作伙伴，虽然条件不如明日计划，但贵在环境不错，挺适合你。"

说着他从手提箱中又拿出了一件物品——是我的蚂蚁巢穴。数不清的火红蚁被小心安放在转移箱中，稍显拥挤。

"我偷了你那儿最值钱的品种，怎么样，很靠谱吧？"

冷挚摆出一副"快对我感恩戴德"的表情，挑眉看着我，他以为自己送来了我最重要的东西。

可我只是平静地告诉他："我们打算离开这里了，这里对他来说不安全，而且……"

"我们？"冷挚抽动嘴角，得意扬扬之态瞬间全无，他很快意识到我在说谁，"你是怎么找到言韶的？"

"准确地说，是言韶找到了我。"

不远处有一桌小情侣，女的一把将冰水泼向了男人的脸，男人愤怒地争论，两人争吵不休。他们是另一边的人，只有另一边的人才会为了"我爱你你不爱我"之类的小事闹得不可开交。再看临边的那桌，那位独自喝着咖啡的金融精英，在冰水飞溅过来之前，已经挪开了很大一个空位，脸上写满了嫌弃。

嫌弃，是的。

我们这边的虽然足够理智，也尊重个人选择，但对于另一边的人的生活态度，其实是打心底里嫌弃的。

我很担心冷挚会拿那样的眼神看我。然而，他看都没再看我。

"也好，既然决定了，就赶快走吧。"说完，冷挚面无表情地起身，准备离开。

"等一下，冷挚！"我拉住他，"我要离开了，所以你别去掺和什么碎尸案，你受伤，我也没办法赶回来照顾你。万一，我是说万一，你因此殒命，我会伤心的。"

这才是我一定要来见冷挚的原因，我很担心他继续追查孪生子会遇到危险，我始终有一种感觉，那不是我们应该触碰的事。

冷挚皱着眉，甩开了我，浑身散发着压抑的怒气。

"我的事，不需要你管！"他吼得很大声，嘈杂的咖啡厅因此凝固，就连吵架的小情侣都噤若寒蝉。

七、拯救

我们两个可以说是不欢而散了。见完冷挚之后，我的眼皮狂跳，令我不禁担心他会做出什么难以弥补的事。

可是让我没想到的是，出现意外的并不是冷挚，而是说好在出租房等我的言韶。

远远地，我看到言韶被人拉扯出了公寓。

向来温雅的言韶，如同被激怒的野兽，手脚并用地与人争斗。可他哪是那些黑衣人的对手。

我来不及思考，抄起蚂蚁箱加入了恶战。

从天而降的红火蚁，不分你我地啃咬着那些人裸露的皮肤，被咬之处会立刻像被火焰灼烧般痛起来。红火蚁是世界十大毒蚂蚁之一，这时候我就很后悔没有好好给冷挚科普。如果手上这箱是又贵又毒的马塔贝勒蚁，那么我早就不战而胜。

场面一度相当混乱，充斥着各种惨叫，我乘人不备拍昏两人之后，终于也被人一把按倒在地。

吃了一口的灰尘，我愤怒地盯着他们胸口的黑色向日葵徽章，那是"暴风科技"的图腾，实验室里到处可见。

也就在同时，呼啸的警笛由远及近。

"没想到吧，我不仅会打架，还会报警！"

带头的人狠狠地甩了我一个巴掌，我眼冒金星，吐出了一口血水。

"别动她！"言韶厉声道，"和她无关，你们放开她，我答应所有条件。"

我猛地看向言韶。他的伤还没好透，这么一折腾，到处都渗出了鲜血。

"言韶，你要干什么！"我被束缚，帮不上任何忙。

黑衣人递给言韶一支注射器，言韶最后看了我一眼，熟练地将蓝色的药物注入了自己的体内。

"言先生，你还有5分钟。"黑衣人放开了我。

在警察赶到之前，他们带着浑身的脓包，全数撤离。

我跌跌撞撞地跑向言韶，紧张地问道："你给自己注射了什么？"

"平静剂。"言韶伸手将我脸上的尘土轻轻拂去，解释道，"据说可以抑制人过剩的荷尔蒙，和治疗抑郁症的药物作用相反，我之前被打过多次，有些副作用，不过没太大关系。"

我想伸手扶他，却被他轻轻推开。

"我没事，过些日子等药效退了，我还会来找你。"他扬起一抹我相当熟悉的微笑，笑意不达眼底，"暂时就别靠近我了，我会变得有点……冷漠。"

但我没有让他走，反而死死地抱住他满是伤痕的躯体。

就算丢掉了研究院的工作和整箱的蚂蚁，我都没有任何失去的感觉，可现在我知道，只要让言韶离开我的视线，他就真的会消失不见。

"拜托，我真的得离开，我不想说出任何伤害我们关系的话。"

言韶眸中的光以可见的速度暗淡下去。他挣扎着，费劲地与我划清界限，又因药物产生的虚弱而逃脱不了。

"不行，你说好我们要去海边的，现在你还要去哪里？"

"我还能去哪里？我想去死。我不该寄希望于你的。"他脱口而出，也立刻意识到自己说了什么，捂住了嘴。

抑制剂开始发挥作用，言韶似乎想对我说"抱歉"，但他试了几次都吐不出音节。最终他看我的目光冷透，就像是第一次见面时，我眼中的冷漠。

就在这时，黑衣人已摆脱警察卷土重来，他们盯着言韶，仿佛他是砧板上的肉。我一个人无法把言韶带走，他甚至不愿意我再拽着他的手。

我倔强地扯着他，直到视线模糊才意识到自己正在流泪。

眼看那些人就要将我们包围，一辆汽车忽然如利剑一般突出重围，黑色的车身咆哮着，无情碾轧过挡路者，一个漂亮的甩尾，稳稳停在我们的面前。

冷挚降下车窗，瞥了我们一眼："上车！"

我不再犹豫，将几乎虚脱的言韶推入后排。在那些黑衣人尚未来得及反应之时，冷挚已一脚油门扬长而去。

"谢谢你来救我们。"从后视镜里，我看了眼眉头紧皱的冷挚，等待着他的嘲讽。我和他才刚吵翻，但冷挚还是愿意来帮忙。

"你打算怎么做？"他没有对我疯子般的举动有任何评论，"想过去哪里吗？"

"我不知道。"我握着言韶的手，他佝偻在后座，已昏睡过去。

"那就先去他说的海边小屋看看。既然言韶坚持那是他的安全屋，必定是对他、对你们都很重要的地方。"

冷挚在讨论关键问题时从不带个人感情，我喜欢他的一贯冷静，这能让我觉得天底下没有任何事值得大惊小怪。

我们在半夜时分抵达了海边，黑暗中的潮汐仿佛是一头野兽在呼吸，腥臭味源源不断从它吞天噬地的口中散发出来。

点亮小屋的瞬间，我立刻明白了为何言韶一直想与我回到这里。

小屋布置得温馨安逸，麻布的桌布，田园式的家具，咖啡壶被擦得光亮。有人在这里生活了很久。在靠窗的照片墙上，挂着我与言韶的合影。

从照片上来看，我们应该从童年就相识。男孩的他和女孩的我，一路相伴，直到最后那张，我穿着婚纱，手捧鲜花。

"你有没有想过我们的定位？"冷挚伸手将照片从墙上拿下，铺在我的面前。

5岁的我，10岁的我，15岁的我，我已经淡忘的记忆全部都被印在了鲜亮的画面上。

冷挚看着我的眼睛，严肃说道："看清楚，这些真是你吗？"

八、蚁后

照片上的不是我，明明是一样的外貌，但那不是我。

不知为何，我竟一点都不惊讶。很久之前，我就有过这个想法。言韶爱的不是我，而是和我长得很像的某个另一边的人。

既然已经出现了相同 DNA 的孪生子，那么我或许也是其中之一。只是与我相同的另一边的那位，已经死去了太久。

"你早就知道了？"我问冷挚。

冷挚靠着窗口抽烟，他很烦躁的时候通常会这样。

"我有事要与他确认，你去把言韶弄醒。"

"你想问什么？"言韶倚靠在客厅门口。

言韶在我们说话时就已经醒了，浑身的冷汗打湿了衬衫。他努力避开我的视线，可能他知道，他此刻的眼神是冷的。

冷挚指了指我："她是克隆的，对吗？"接着他又指了指自己，"我也是。"

我诧异地看向冷挚。

冷挚一哂，继续说道："不只我们，恐怕这个世界一半的人，都是为了保持社会稳定而制造出的克隆人，对吗，言韶？"

言韶呆了呆，随后，点了点头。

就在之前，我和言韶过着甜蜜小日子的时候，冷挚和汪洋的调查已经深入到明日计划的中枢。

人类的大规模繁殖，曾给地球生态带来了灭顶之灾。人们时常提及的科幻片中地球毁灭的时刻，终于在百年前来临。

可是地球是不会毁灭的，毁灭的只有人类。

瘟疫、灾害、资源匮乏，甚至某人的一个响指，一次次修罗场的降临令人口大幅下降，世界各方政权努力维持着经济和社会的稳定。

因为一旦社会关系消失，作为个体的人类将难以生存。我们都知道人类的劣根性，灭绝人性的烧杀抢掠将成为人类落幕前最后的场景。

为了不被我们的众神之母盖亚清盘，作为世界上最优秀的人工智能，中枢向人类提出了一个在一个世代内繁衍出多个体，保持社会稳定的方法——克隆。

21 世纪初期，当人类第一次出现严重老龄化且人口数量下降时，明日计划就已开始运作。克隆人的数量始终和人类维持在一半对一半的水平。足够的人口使得社会功能得到了保障，使得经济市场正常运转。

同时，为了区分自然人与克隆人，为了严格控制人类的遗传基因不受干扰，人工智能中枢在进行克隆时，对每一个克隆体都进行了基因控制——拿掉了作为物种繁衍最重要的生殖渴望。

这么一来，克隆人便能心无旁骛地工作或是尽情地享受人生，无论是他们创造的社会效益，还是他们的消费带动的内需，都成为推动人类进步的中坚力量。而他们死后，什么都不会留下。

若不是出现了计划外的多个相同 DNA 克隆体，明日计划的本质根本不会被人发现。

"你要是知道为什么严密的明日计划会出纰漏，一定也会和我一样感到可笑。"冷挚瞥了一眼脸色惨白的言韶，"他干的。他为了某人擅自更改了明日计划的程序，引发了混乱。言家的公子真是痴情呢。"

我听了冷挚的解释，并没有觉得可笑，只觉得伤心。

世界上一半人口，是大灭绝前保留下来的基因做成的克隆人，而我不是。

和我猜想的类似，我之前的那位被言韶深爱着，言韶利用明日计划的克隆手段，将意外死亡的那位的基因混入再造流水线上。

可惜的是，他并不知道我会在何处、何时，以何种方式降临。所以他在人海中找了我 20 年。

冷挚说到这里，突然笑了下："在明知道克隆人绝情的情况下，他依然勇敢地骚扰你，这一点我相当佩服。"

言韶平静地望着我，没有感情波动："对不起，我知道你不是她，但是我无法放弃希望。如果没有对你的念想，我早就和她一起死去了……或许我现在死也来得及。"说着，他熟练地从抽屉里拿出了手枪，就像曾经尝试过千百次。

我立刻跳了起来。

"言韶，听我说，你现在的状态不对，是过量的药物让你抑郁，不是真的。"我渐渐靠近他，直到能摸到他的手。

言韶微颤着，努力克制甩开我的冲动，他担心我在争夺手枪时伤到自己。直到现在，他爱意全无的现在，他都不忍心看到我受伤。

"我们必须走了。"冷挚一把抓起我的胳臂，"言韶是暴风科技重要之人的直系亲属，他们不会放弃寻找他，得把他留在这里。"

"不，我要和言韶一起，把他扔下不管，他会自杀的！"我喊道。

"不能带他，你见过他们对待我们的手段，想被切成尸块吗？"冷挚恐吓我。

就在我犹豫的片刻，言韶突然反握住了我的手。他的手心冰冷又潮湿，却让我轻易挣脱不了。

看得出，言韶很矛盾，很有可能自己都不清楚为何要抓着我不放。但他直觉上不想与我离别。虚弱身体仅存的全部力量，都集中在了相握之处。

在拉扯间，我突然泛起一股恶心，赶紧甩开两人，跑到卫生间吐了起来，像是要把胃都吐出来。

冷挚冷淡地递给我纸巾。

"吃坏了？"

"不，我怀孕了。"我坦然，"前几天发现的，我原本打算等安顿下来再说的……"

九、决定

冷挚瞪着我长久地发愣，直到烟灰掉落裤腿，烧出一个小窟窿。他赶紧灭了烟，将我从马桶边拉起来。

"怎么可能？"他有片刻的恍惚，最后移开目光，喃喃道，"我没想过这一点，是我考虑不周。"

摇摇晃晃扶墙过来的言韶，像是听到了什么惊天的消息，双目圆睁。

"你怀孕了？"

他还在抑制剂的控制之下，额头浮着薄汗，屡次伸手似乎想要拥抱我，又困惑地抬不起手来，以至于出现了一种滑稽的互搏状态。

冷挚看着言韶的挣扎和我的苦苦哀求，眼色逐渐暗沉。最后他闭了闭眼，仿佛是做出一个重要的决定。

"出去谈一下。"冷挚将言韶推了出去，顺手把盥洗室的门摔上。

我很担心他会在外面直接把言韶干掉。可几分钟后，两个男人又和平地把盥洗室的门打开了。

"你去开车。"冷挚把车钥匙交给了言韶，又对我使了一个眼色，"你跟我过来。"

支开言韶后，冷挚很快打开随身的箱子，是一些我不曾见过的化学试剂。

他罕见地耐心向我解释："用这些我可以伪造一个自杀的爆炸现场，瞬间的高温高压会摧毁所有有机物的残留，只保存部分我想让他们检验出的 DNA——言韶的 DNA。如果言韶被确认死亡，就没人会追着你们，也不会有人发现你怀了他的……孩子。"

冷挚低头瞧着我平坦的小腹，整个人看上去竟有些落寞。

"你现在需要做什么，我能帮什么忙吗？"我小声问。

他怔了一下，重新抬头看我。

"我需要你认真听完我下面的话。"冷挚顿了顿，"汪洋博士有个论点，他说再优秀的人如果不留下子嗣，那他的基因也是有缺憾的，存在必然被淘汰的特性。因此我们以不恋爱、不结婚、不生子来标榜自由人生的态度，实则是被明日计划操控了。我们的人生为社会所用，又不会留下痕迹，这就像……"

"就像工蚁。"我恍悟。

工蚁的诞生只为了社群，与其说它是一个单独的个体，不如说是社会中的一个无名的零件。为了保持群体的稳定，为了有足够的劳动力，工蚁被量产，被信息素控制，忙碌一辈子，至死什么都留不下。

它们只是工具，没有繁衍后代的权利。

"我们不想恋爱的原因，不想结婚生子的原因……竟然是我们不配？"我难以置信地摸向小腹，"那我呢，为什么我会怀孕？"

"从理论上说，我们与人类是两个物种。人类是演化而来的，我们则是被制造出来。但你知道的，每一种生物都是以种族繁衍为目的，即便先天基因缺失。只要条件允许，只要进化到某个程度，部分个体就会觉醒，会相爱，会产下延续种群的新生命。"冷挚抬手将我垂落的头发别到耳后，眼中饱含我不能理解的情愫，"我不知道明日计划将如何处置像你这样的人，我不能冒险。汪教授在东方建立了我们的基地，带着言韶一起去吧。"

"冷挚，那你怎么办？"

"你们出发后，我会开另外一辆车离开。"冷挚收敛了所有外露的情绪，将一封信塞入我的手中，是他刚在匆忙中写完的，"按照信中坐标去找汪教授，他看了信必然知道如何帮助你们。别管我了。"

和冷挚预测的一样，暴风科技果然不会放弃言韶。夜色中一盏盏的车灯，就像幽暗中的野兽，从远处朝我们咆哮而来。

我们必须出发了，却迟迟不见冷挚从房子里出来。

言韶发动了汽车，隆隆的引擎声令我惊慌地抓住了他的手臂："再等一下，我还没看到冷挚出来。"

言韶没有说话，药物作用下他所表露出来的冷淡和坚持与冷挚有几分相似。他丝毫不顾我的阻拦，踩下了油门。

我只能眼睁睁看着小屋与追兵离我们越来越远，强烈的不安笼罩着我，我或许根本不该答应分开走的计划。

"停车！言韶，停车！"我对他又踢又打。言韶带着浑身的伤痛，冒着虚汗，却没有半点迟疑，他甚至把马力开到了最大。

直到开到足够远，言韶才分神将我正在抠他伤口的手按下，冷静地说道："这是我和冷挚商量后的结果，他知道自己在做什么。"

巨大的爆炸声从后方传来，火光照亮了整个沙滩。小屋像是炸开的礼花，炫目的光芒直冲云际，又如流星般，迅速陨落到漆黑的海面。

明灭的光扑打在言韶严肃的面容上，他似乎是笑了笑，缓缓说道："冷挚刚才说我等了你 20 年，找了你 20 年。他没那么伟大，也没有那么久的耐心，但至少……此刻，他能为你而死。"

高温高压的确能摧毁所有的有机物，先进的技术的确能伪造仅剩的 DNA，但冷挚的撤退计划中，始终需要一具焦黑的残骸。

"看一下他给你的信，我需要坐标。"言韶清冷的声音在耳边响起。

我颤抖着，机械地打开了那封早就被泪水浸透的纸张。上面的字迹满到要溢出纸面，书写人似乎恨不得将一辈子要说的话，都写在上面。

我看不懂任何一个字母组合，不理解任何一段话，却能清晰地看到最后一句。

他说：你已经长出了翅膀，飞走吧，不要回头。

最后

很多年后，我在汪博士的 W 基地给孩子们讲这段故事的时候，言韶还是会不太高兴地打断我。他越来越无理取闹了，竟说冷挚心机重，以那样的方式永远留在了我的心里，让他无从超越。

但我也会告诉他，就算他没来找我，我和冷挚也是不可能的。冷挚比我聪明太多，他或许早就觉醒，而我只是被动接受。

不信的话，你大可以回忆一下整个故事，你知道我的名字吗？

工蚁们是不配有名字的，所以它可能是任何人——可能是昨天加班太晚今天不愿出门相亲的你，也可能是宁可打游戏到天明也懒得和异性聊一秒的我。

明日计划早就开始了，我想，这大约就是我们无法恋爱的理由。

极乐之地

一、社畜工程师

不断提高客户活跃度与满意度，是系统优化工程师阿强的工作。

但客户都是死人，那该怎么办？

"极乐之地"——让您的亲人在虚拟天堂中畅享永恒！

生命是短暂的，但爱是无尽的。我们面临失去亲人的悲痛时刻，心中总会有一个美好的愿景：如果我们能够让他们在另一个世界继续快乐地生活，那该有多好！

如今，这个愿景已经变成现实。

欢迎来到极乐之地，一个让您的亲人在元宇宙中享受天堂般生活的高科技乐园。

在人临终前的关键时刻，我们的专业团队会准备好先进的设备，将他们的意识进行上传。通过我们独特的意识传输技术，我们将亲人的思维和记忆完整地转移到极乐之地的虚拟世界。在这个由人工智能中枢控制的元宇宙中，他们可以摆脱现实世界的束缚，尽情地体验快乐和自由，甚至实现梦想，不再担忧病痛和烦恼。

每年祭祀日，您可以通过最先进的 VR（虚拟现实技术）设备，亲临极乐之地，与您过世的亲人重聚。在这个虚拟世界里，亲情的温暖、美好的回忆和欢声笑语将永远伴随着您和您的亲人。

仅需支付适度的年度祭祀费用，您就可以让您的亲人在极乐之地继续体验幸福的生活。让我们一起跨越生死的界限，用爱点亮永恒的希望之光！

阿强弓着背，匆忙从暴风科技公司广告大屏前走过，上面五光十色的鲜艳画面衬得他的脸色更加阴郁疲惫。作为全球最大身后事元宇宙科技公司的程序员，他每天过着朝九晚五的辛苦生活，为的就是提升那些过世用户的满意度与参与感。

昏暗的办公室里，阿强一边喝着泡面汤，一边敲击着键盘。他的眼睛已经红肿，但他还是不停地为极乐之地的系统找出优化方案。窗外的夜已经黑得像一团墨水，阿强的肩膀和脖子已经疼得无法忍受。他拿起手机，看了看时间，已经是凌晨3点。就在此时，阿强的同事小陈从隔壁走了过来。

小陈笑着说："阿强哥，你得看看我最近在极乐之地加入的这个新活动方案，真的是太有趣了！"阿强抬起头来，蜡黄的脸上露出了一丝勉强的好奇。

小陈兴奋地说："你知道吧，我从小就喜欢火箭，还有宇宙！我给极乐之地增加了一个模拟驾驶飞船的活动，客户们可以驾驶各种未来科幻飞船穿梭在宇宙星球之间，体验星际旅行的乐趣。我还在其中加入了一些彩蛋，比如突然出现的外星生物和黑洞。"

阿强阴阳怪气地笑着说："哈哈，真是太棒了！我可以想象到我们的死人客户们体验这个活动时兴奋的样子，一定比他们活着的时候更加激动！"

小陈得意扬扬地继续说："而且我还特意设置了一些隐藏关卡，比如驾驶飞船进入某个星球的大气层时，会突然出现一个巨大的充气海豚，带领他们穿越虹桥，抵达神秘的海豚星球。"

"那得多少工作量？"阿强反问。为了那些过世的人在虚拟世界里找乐子而熬夜加班，真是讽刺。也只有新来的小陈能依然怀揣着梦想——给极乐之地的客户创造更多的快乐。

"我还有很多漏洞要修补，很多代码要优化，否则死人客户都要来投诉了！麻烦你去做你的探索宇宙方案！"阿强咆哮着赶走了小陈。

日复一日，阿强的疲惫越来越明显。每天晚上回到家中，他都瘫倒在床上，几乎无法动弹。有时，他也想象着自己能进入极乐之地，在那里驾驶小陈说的飞船，探索未知的星球，享受悠闲的生活。然而，现实生活却一次又一次地将他从美好的梦境中拉回。

二、神奇的极乐之地

极乐之地是一个由人工智能中枢控制的神奇元宇宙系统，人们在临终前可以选择将意识上传至该系统。一旦成功上传，他们的思维便会在虚拟空间中继续存在。为了让已故的亲人不产生疑虑，他们并不知道自己已经离世。这个系统的费用由子孙承担，每年会自动从他们的银行卡中扣除一定金额，用以支付他们祖先在极乐之地中的生活费用。

阿强也不例外，他的账户与从未见过面的曾曾曾祖父志辉关联，这就类似在很早以前，每到清明都会有人以烧纸钱的方式祭奠先祖，而现在燃烧的是虚拟货币。如果愿意，每年祭祀日，还能去当面见一见先祖，只要遵守看破不说破的原则就行。谁都不愿意从别人口中得知自己已死的真相。

祭祀日到了，阿强兴奋地戴上了 VR 设备，准备进入极乐之地与曾曾曾祖父志辉相见。一瞬间，阿强仿佛穿越了时空，置身于一个犹如天堂的世界。

极乐之地中，蓝天白云，鸟语花香。高耸入云的摩天大楼和碧波荡漾的湖泊共存，科技与自然和谐共融。在这个世界里，人们可以随心所欲地探索各种高科技设施，享受前所未有的快乐。

阿强在一个巨大的广场上找到了志辉。看着志辉容光焕发的样子，阿强心中充满了敬爱。为了不让死去的志辉产生怀疑，阿强直呼其名："志辉，好久不见，你最近可好？"志辉热情地拥抱了阿强，并问道："阿强，你想去哪里玩？"阿强笑着回答："我听说附近新添了一个驾驶飞船的活动，我们去试试吧！"

志辉兴奋地点头，于是两人来到了飞船码头。眼前出现了各式各样的未来科幻飞船，它们流线型的造型和闪耀的外观令人叹为观止。阿强和志辉挑选了一艘犹如银河战舰的飞船，两人相视一笑，跃进了驾驶舱。

飞船驾驶舱内，高科技仪表板闪烁着诱人的光芒。阿强和志辉一起掌控着飞船，冲破大气层，向浩渺的星空进发。繁星点点，仿佛一幅美丽的画卷。当他们驾驶飞船穿越星际时，志辉调皮地说："阿强，我们来比比谁先到那颗蓝色星球！"两人调整航向，向目标星球疾驰而去。

阿强觉得与志辉相处的时间总是那么快乐，这种快乐与现实生活中的辛苦形成了鲜明对比。他心想：我为死去的亲人们找寻快乐，却活活累死自己。为什么我不能像他们一样，尽情地享受极乐之地的美好？

他越来越渴望能够真正加入这个快乐的世界，逃离现实生活的磨难。

然而，阿强明白他要进入极乐之地并非易事。他没有后代可以为他支付费用，而且系统规定必须由继承人承担年费。阿强下定决心，无论如何都要努力实现这个愿望。他决定回到现实生活，寻找解决办法。

　　祭祀日结束了，阿强依依不舍地与志辉道别。摘下 VR 设备的那一刻，阿强再次陷入现实生活的痛苦中。他知道，要想摆脱这种痛苦，唯一的方法就是竭尽全力进入极乐之地。

　　不过，像阿强那样连女朋友都没有的光棍，或许到死也不会有机会进入极乐之地。

　　从此，阿强开始了他的艰苦奋斗。他试图寻找一个伴侣，结婚生子，为自己留下后代。然而，这一切并未如他所愿，反而让他陷入了更大的困境。

三、 被诅咒的相亲

　　为了实现进入极乐之地的愿望，阿强决定尝试通过相亲寻找伴侣。他听说有一个号称高效率、高成功率的相亲系统"真爱"，于是毫不犹豫地注册了账号。

　　真爱系统非常先进，它会对用户的 DNA 进行匹配，并对用户进行心理测试，以确保匹配双方在基因和个性方面的高度契合。阿强充满信心地完成了所有的测试，等待着系统给他推送理想的另一半。

不久，系统为阿强匹配到了一个女性薇儿，她有着高挑的身材、美丽的容貌，而且她的兴趣爱好与阿强相当吻合。阿强高兴地与薇儿取得联系，约定一周后见面。

在见面的那一天，阿强穿戴整齐，精心准备了礼物。他们相约在一家高档餐厅共进晚餐。一进餐厅，阿强就看见了薇儿，她坐在那里气质非凡，让阿强一见钟情。

晚餐开始了，阿强和薇儿愉快地聊着天，彼此都觉得对方非常合适。突然，薇儿问起了阿强的职业。阿强有些犹豫，但还是实话实说："我是一名程序员。"

薇儿的脸色立刻发生了变化，她瞪大眼睛看着阿强，似乎难以置信。然后，她叹了口气说："唉，你是个好人，但我真的不能接受跟程序员在一起。你太忙了，而且生活过于枯燥。"

阿强愣住了，他知道程序员的生活很辛苦，但没想到竟然会成为相亲的拦路虎。他努力解释："其实我也在努力改变生活，我不会让你感到无趣的。"

薇儿摇摇头，坚决地说："对不起，我已经做了决定。我们还是不要再见面了。"说完，她拿起包就走。

阿强目送薇儿离开，满腹辛酸。他觉得自己的人生仿佛是一部讽刺的喜剧，越想改变命运，越深陷泥淖。

不过阿强并未因为这次失败而气馁。他想尽办法提升自己的形象，希望能够在下一次相亲中取得成功。很快，系统又为阿强匹配到了另一位女性。阿强对此次相亲抱有更高的期望。

约定见面的那天，阿强换上了一件时尚的格子衫，搭配一条合身的牛仔裤。他来到了咖啡厅，迎接他的是一位身材苗条、穿着时髦的女士。阿强不禁为自己的选择感到满意。

然而，刚刚开始聊天，对方就注意到了阿强的格子衫。她突然皱起了眉头，抱怨道："你知道吗，我真的很晕格子。每次看到格子图案，我都会头晕眼花。"说完，她站起身来，离开了咖啡厅。

阿强傻眼了，他只能无奈地望着女孩的背影消失在人群中。心想，自己是不是真的被诅咒了，怎么连穿一件格子衫都会惹来这么倒霉的事情。

随后，阿强又尝试了多次相亲。每次相亲前，阿强都会收到系统的提示，为他匹配了一个基因与个性高度契合的女性。可惜，每次相亲都因为种种奇葩理由告终。

有一次，他被拒绝的理由竟然是程序员容易秃头！阿强哭笑不得地解释说，虽然他确实工作繁忙，但他的头发一直很茂盛。可惜，这位女性已经下定决心，拒绝再见阿强一面。

相亲的失败让阿强越来越沮丧，他愤怒地在真爱网站上胡乱抨击，并利用自己擅长的黑客技术对所有人都进行人身攻击。最后他当然被列入黑名单，不再能注册其他相亲网站。

对于一个生活里根本无法接触到异性，只有网络相亲一种手段的程序员说来，这无异于让他走投无路。

四、领养的尝试

失望的阿强开始尝试另一种方法，他决定去孤儿院领养一个孩子。

他知道，许多孤儿都是因为父母没钱在孕期做基因改造而被抛弃的。阿强也是一个没有被基因改造的孩子，但他却在父母的陪伴下幸福地长大。他希望能给这些孩子一个家，让他们感受到被爱的温暖，然后也为自己的身后事出出力。

来到孤儿院，阿强见到了许多天真无邪的孩子。他们虽然没有基因改造的优势，但每个孩子都有自己的特点和优点。看着这些孩子欢声笑语的模样，阿强内心充满了感动。

阿强走进了一个房间，里面有一个安静的小男孩，七八岁。他独自坐在角落里，拿着一本破旧的绘本，身边是一只脏兮兮的粉色海豚玩偶。阿强注意到他眼中闪烁着智慧的光芒，不禁被他吸引。

阿强走过去，轻声说："嗨，小家伙，你在看什么呢？"

小男孩抬头看了看阿强，有些害羞地抓着海豚回答："我在看这本关于火箭的绘本。我很喜欢火箭，我想长大后当一名宇航员。"

阿强笑了笑，鼓励道："那真是个伟大的梦想！我相信你一定可以实现的。"

小男孩听了，眼中闪过一丝光彩，但随即又黯然失色："可是，我没有基因改造，我能当上宇航员吗？"

阿强心头一紧，他知道这个问题对这个年纪的孩子来说有多么沉重。他轻轻拍拍小男孩的肩膀："别担心，没有基因改造并不意味着你不能追求梦想。只要你努力、坚持，总有一天你会实现梦想的。"

小男孩看着阿强，眼中闪过一丝感激。他咬了咬嘴唇，勇敢地问："那么，如果我努力学习，你会带我回家吗？"

阿强笑了笑，感动地点了点头："当然！你愿意跟我回家吗？"

小男孩瞪大了眼睛，兴奋地说："真的吗？我愿意！我一直想有一个家。"阿强和小男孩度过了一个愉快的下午。他们一起画火箭、谈论太空探险，渐渐建立起深厚的感情。然而，就在阿强准备办理领养手续时，孤儿院的负责人告诉他一个令人失望的消息。

负责人皱着眉头说："很抱歉，根据最近颁布的法律，未进行基因改造的成年人不能领养没有基因改造的孩子。这是为了避免遗传病和基因缺陷的传播。"

阿强愣住了，他从未想过这样一个荒唐的规定会阻止他成为小男孩的家人。他急切地问："那么，有什么办法可以解决这个问题吗？"

负责人叹了口气："目前看来，唯一的办法就是你接受基因改造。但这对于成年人来说，成本高昂且风险较大。"

阿强心里五味杂陈，他知道自己无法承受基因改造的费用，更不愿冒险。他回到小男孩身边，轻轻地告诉他这个消息。

小男孩显得十分失望，泪水在眼眶里打转。阿强心疼地抱住他："对不起，小家伙，我真的很想带你回家。但现在看来，我暂时不能成为你的家人。"

小男孩抽泣着："那你以后还会来看我吗？"

阿强坚定地回答："当然，我会经常来看你的。我们还可以一起学习，讨论火箭和太空。我会支持你追求梦想，直到有一天，我们能够真正成为家人。"

阿强失败了，无法领养孩子。然而，在深思熟虑之后，阿强意识到自己并不是真的想要一个孩子。他原本的动机只是想找到一个人，在他离世之后，能继续支付极乐之地的费用。这让阿强觉得自己的行为有些自私，于是他决定放弃领养孤儿的想法。

这次经历让阿强重新审视了自己的生活。他开始思考如何面对生命的终结，以及如何让自己的人生变得更有意义。而那个孩子也在孤儿院的角落里努力学习，期待着与阿强重逢的那一天，虽然他们可能永远无法成为家人。

五、修改代码的尝试

看来他这辈子真的要孤独终老了。

阿强躺在床上翻来覆去地睡不着。他想起了之前发现的那个极乐之地的漏洞，心中突然涌现出一个大胆的想法。他想尝试利用这个漏洞，让自己在活着的时候就能进入极乐之地，在那里寻找到属于自己的幸福。

第二天，阿强心怀忐忑地坐在办公室的角落，他决定利用漏洞尝试修改极乐之地的代码。他知道这是一项危险的任务，之所以只有临终的人才能进行意识上传，是因为这项技术对大脑的损害是不可逆的。法律明确规定，健康的个体不可以进行此类操作。但阿强已经无法再忍受现实世界的痛苦了，他要寻求解脱。

经过连续数日的努力，阿强终于找到了一个可以让活人上传意识的算法。他制订了详细的计划，试图在工作时间之外实施这个计划，以避免被人发现。

然而，在一个周末的深夜，阿强的同事小陈意外地来到了办公室。

他发现阿强正在操纵代码，并且看上去相当紧张。小陈好奇地靠近，询问阿强在做什么。阿强无法隐瞒，于是将自己的计划告诉了小陈。

"你疯了吗？"小陈惊讶地问道，"这太危险了！我们还活着，你怎么能想着上传意识进入极乐之地呢？"

阿强叹了口气，说："我需要寻找一个出路。而且我相信我的技术，如果成功了，我可以在极乐之地过上幸福的生活，无须支付费用，你看我利用了漏洞，可以无限复制金币！"

"不不不，不是费用的问题。"小陈摇头，"你为什么要放弃现在的生活，为什么要逃避现实呢？你知道一旦进入极乐之地，你就不能再与我们这些朋友互动，你的家人也会失去你。这真的值得吗？"

阿强黯然低头，沉默不语。小陈看着阿强苦恼的表情，拍了拍他的肩膀，说："阿强哥，生活总会有起起落落。我知道你很辛苦，但是你不能因为一时的困境就放弃。相信我，总有一天你会找到属于你的幸福。"

阿强将小陈的手从肩膀上移开，抬头问道："难道你不想亲眼去看看你的宇宙大冒险方案，不想去看看你的粉色海豚？"

"这……我，当然想啊。"

小陈是个热血程序员，总能看到事情积极的一面，从不觉得辛苦，但他也有缺点，那便是太容易相信人。

"我的算法与公司的不同，我能进入极乐之地，还能全身而退。"阿强哄骗小陈，"我只是进去看一看，如果可行，我把你也带上，让你亲自体验一把如何？"

"只是进去看一看的话，我是赞成的啦，总比VR体验好一点，我看过 VR，火箭都变形了。"

在小陈加入之后，阿强的进度突飞猛进。终于有一天，他们完成了算法最后的工序，只要戴上从公司实验室偷来的头盔，就能进行操作了。

阿强首先尝试，但他发现怎么都启动不了，刚拿下头盔，他就吓了一跳。

原来他把电线接反了，本来不该通电的小陈的头盔被连上了极乐之地，而他手里的则是早就准备好假装给小陈用的那个假货。

这可不得了，小陈要被传到极乐之地了，那么热爱生活、那么阳光开朗的小陈就要死在他手上。阿强赶紧启动反向程序。

此刻，小陈的意识陷入了混乱，他在虚拟世界里惊慌失措地四处奔波，试图寻找现实的出口。与此同时，阿强也在现实世界里紧张地操纵着代码，试图将小陈的意识拉回现实世界。

经过数小时的紧张努力，阿强终于成功地将小陈从极乐之地的边缘拉了回来。小陈的意识重新回到了他的身体里，但他显得十分虚弱。

阿强焦急地问："你没事吧，小陈？"

小陈动也不动，鼻子里流出了两股血，像死了一样。阿强顾不得自己的计划暴露，连忙拨打急救电话。他懊悔不已，是他骗了小陈，极乐之地一直都是单向的，没有人可以从那里回来。

原本阿强是不准备回来的，没想到真正可能回不来的人，却是小陈。

小陈被判断为脑损伤，始终昏迷不醒，另外阿强的行为很快被公司发现，他不仅被公司解雇，还被起诉。法庭判决禁止阿强再从事同一行业的工作，这意味着他再也没有机会接触到极乐之地。

阿强的人生陷入了低谷。他失去了工作，失去了再接触极乐之地的机会，同时还要承担因小陈受伤而带来的罪责。

六、虚无的信仰

在失去工作和被限制从事同行业后，阿强陷入了生活的低谷。

这时，他听说有一个神秘的宗教团体声称可以通过神秘的仪式让人的意识进入极乐之地。

阿强半信半疑，找到了这个宗教团体的地址，是一个工厂的地下室。在那里，他看到一群身着黑袍的人围成圈祈祷。神秘的领导人大卫看上去神神道道。

大卫说："你知道吗，人的灵魂是可以穿越时空的。古老的文明都有关于灵魂穿越的传说，我们宗教团体掌握了一种方法，能够让人的意识进入极乐之地。"

阿强表示怀疑："那是迷信吧，一点都不科学。"

"科学？"大卫神秘地笑了笑，"哦，这可是和现代科学息息相关的。你听说过量子力学吗？根据量子纠缠现象，两个纠缠的粒子，无论相距多远，它们的状态都是密切相关的。我们的仪式正是利用了这一现象，让你的意识穿越时空，抵达极乐之地。"

阿强听得入神，开始对大卫的话产生兴趣。大卫继续说："在量子世界里，一切皆有可能。我们的长老团队由最前沿的科学家组成，我们通过生物学与宇宙学，掌握了一种神秘的力量，可以操控你的意识，让你在极乐之地重生。只要你相信，一切都可以实现。"

阿强虽然心中有些疑虑，但实在没有退路了，他决定试试。

"我要做什么？如果你说的是真的，我愿意付出任何代价。"

大卫说："首先，你需要向我们的神献上你的财产，表明你对信仰的忠诚。然后，我们会为你进行一次特殊的仪式，让你的意识化为量子。"

阿强被蛊惑了，他把所有的钱都交给了大卫，甚至抵押了自己的房子，并参加了一个个神秘的仪式。在这个过程中，阿强和其他信徒一起吃下神秘的草药，在身上刺上奇怪的图案……

一开始的疑虑，渐渐被周围人稀释。和阿强一样的信徒们对大卫深信不疑，这让阿强也不好意思怀疑对方。

终于，阿强的机会来了。

在一个阴森的夜晚，大卫带着阿强来到一个废弃的教堂。这里是他们进行仪式的地方。阿强跟随大卫进入教堂，里面的蜡烛摇曳着微弱的光芒，气氛诡异而令人窒息。

仪式开始了，大卫让阿强躺在一张石床上，然后念起神秘的咒语。阿强紧张地闭上眼睛，不知道接下来会发生什么。在咒语声中，他感觉自己的意识渐渐离开了身体，向着一个未知的世界飘去。

然而，事情并没有按照阿强的期望发展。他重新睁开眼睛时，却发现自己依然躺在那张石床上，什么都没有改变。

阿强气愤地质问大卫："这是怎么回事？为什么我还在这里？"

大卫露出狡猾的笑容："噢，原来你还不够虔诚。神是公正的，只有当你真正信仰的时候，才会给你通往极乐之地的机会。"

阿强绝望地意识到自己上当了。他没有进入极乐之地，反而失去了一切。他的钱、房子都被这个邪恶的宗教团体骗走了。

走出教堂的阿强，心中满是愤怒和悲伤。他无法原谅自己的愚蠢，不禁在黑暗的夜空下咆哮着痛哭。

这次经历让阿强彻底绝望。他不仅失去了进入极乐之地的希望，还因为自己的贪念和盲目付出了惨痛的代价。

七、重燃希望之光

在经历了一连串的挫折之后，阿强心情沮丧，他决定去医院看望小陈。走进病房，阿强看到了床上已经康复的小陈，正在神采飞扬地和另一位病友交谈。阿强喜出望外，心中暗自庆幸小陈终于恢复了健康。

阿强走过去，微笑着说："小陈，真高兴看到你恢复得这么好！"

小陈也露出了灿烂的笑容："阿强哥，我也以为我这次死定了！听说是你把我救回来的。"

"不，不是……"阿强懊恼地挠着头，"都是我不好，我不该……"

"没事，也许这是个教训吧，我们应该珍惜现实生活啊。"小陈不在意地说。

小陈总有着异常的乐观和不合时宜的活力，但这一次阿强非常感激小陈有这样的性格。

"你真是太可爱了！"说着，阿强一把抱住了他。

告别了小陈之后，阿强突然觉得浑身轻松。在医院的走廊里，阿强意外地遇到了之前在孤儿院见到的小男孩。小男孩现在看起来非常幸福，他与一对友善的夫妇一起走过。他们是前来医院体检的。阿强惊喜地看着这一幕，为小男孩感到高兴。

阿强主动上前打招呼："嗨，小家伙！好久不见，看你现在过得很好啊。"

　　小男孩眼中闪过一丝喜悦："是的，阿强叔叔，我现在有了新的家庭，他们都很疼爱我。"

　　那对夫妇也微笑着跟阿强打招呼："你好，我们是小男孩的父母。他告诉我们你们曾经在孤儿院见过。谢谢你之前对他的关心。"

　　阿强感慨万分，看着这幸福的一家人，心中的阴霾渐渐消散。他终于能安稳入睡了。阿强决定过几天就去找个新工作，就算是去餐厅洗盘子也行。

　　说来也巧，第二天，他在市区的一家咖啡厅喝咖啡时，竟然偶遇了曾经相亲的薇儿。那天阳光正好，温暖的阳光照在薇儿的脸上，她看起来非常美丽。阿强的心跳加速，他觉得这是命运的安排，也许他们真的是天生一对。

　　阿强鼓起勇气走到薇儿面前，微笑着说："嗨，薇儿，好久不见，真的没想到能在这里遇见你。"

　　薇儿诧异地抬起头，看到是阿强，她也露出了微笑："哦，阿强，是你啊，这么巧！你还好吗？"

　　阿强诚实地说："其实我最近遇到了很多问题，我的工作、金钱和生活都陷入了困境。不过，我想这也许是一个重新开始的机会。"

薇儿好奇地问："那你现在不是程序员了吗？"

阿强摇了摇头："是的，我被禁止再从事程序员的工作。但我在尝试寻找新的人生方向。"

薇儿听后，眼中闪过一丝欣慰的光芒："既然如此，或许我们可以重新开始，给彼此一个机会。毕竟，生活总是充满了未知，我们需要勇敢地去面对。"

阿强激动地看着薇儿，他从未想过这样的奇迹会发生在他身上。此刻的薇儿仿佛是他生命中的一束光，照亮了他的未来。

他们开始频繁地约会，分享彼此的喜怒哀乐。尽管阿强不再是程序员，但他的聪明才智依然让薇儿为之倾倒。他们的感情日渐深厚，终于擦出了爱的火花。

这段意外的浪漫之旅，让阿强重新找到了生活的意义。他开始努力学习新的技能，努力适应这个充满挑战的世界。而薇儿也成为他生命中最重要的支柱，陪伴着他渡过每一个难关。在爱情的力量下，阿强终于挺过了人生的低谷，迎接新的希望。

八、无尽的虚无

又是一个祭祀日，阿强怀揣着复杂的心情来到了极乐之地。然而，这次的祭祀日与往年不同，阿强一身轻松地与志辉见面。他对志辉讲述了自己过去一年的种种经历，如同一部悲喜剧般的人生。他告诉志辉，他已经找到了新工作，不再是以前那个疲惫不堪的程序员；他还有了女朋友薇儿，她原本讨厌程序员，但现在阿强不再从事那个行业，他们愉快地在一起；此外，好朋友小陈身体康复，两人关系更加密切；他还与曾在孤儿院见过的小男孩保持着笔友关系，关心着他的成长。

志辉静静地听着阿强的故事，心中感慨万分。他心疼阿强遭受的种种苦难，但又无法真正理解那种痛苦。

因为，志辉才是活着的人。

他是阿强的孙子，阿强才是志辉从未见过面的曾曾曾祖父。每年清明节，志辉都会为了维持阿强在极乐之地的存在而支付虚拟货币。

阿强死之前是一名程序员，因为加班过度而猝死，临终前的心愿就是不再做程序员。正因为如此，薇儿一直对程序员充满了厌恶。在死后的虚拟世界，阿强与一个在孤儿院长大的小男孩成为笔友。阿强并不知道这个小男孩其实就是他生前的挚友小陈。

阿强什么都不知道，正如他一直处在真正的极乐之地，而不自知。

"你喜欢你所在的世界吗？"志辉开口问，他不能透露对方已死的信息，但能询问对方死后的感受。

"其实吧，我的生活就是那么回事，两分甜八分苦。痛苦，才有一种让人活着的感受啊。"阿强看穿一切般笑了笑，"或许对我来说，痛苦就是生命的本质。"

"那你……"志辉犹豫不决，"还想继续吗？"

阿强没有回答，他不想让对方看出自己的软弱。可志辉心中已有了决定。

极乐之地本该是令祖先幸福快乐的地方，如果一个人死后仍感到痛苦，那又何必继续这份付费的痛苦呢？

祭祀日结束后，阿强回到了他以为的现实世界，继续过着他所认为的正常生活。但随着志辉停止支付祭祀费用，极乐之地逐渐失去了维持阿强意识存在的能量。阿强开始注意到周围的世界有些不对劲，一切都渐渐变得模糊不清。

一天，当阿强在家中与女朋友薇儿共度美好时光时，突然感觉眼前的一切都开始发黑，消失得无影无踪。他惊慌失措，试图寻找答案，却始终无法找到。

就在阿强的意识逐渐消散之际，他突然想起了一个令人心碎的事实：他其实已经死去很久了。他回想起了生前的自己，一个因为加班过度而猝死的程序员。那时，他的最大心愿是摆脱程序员的身份，追求更有价值的人生。而在极乐之地，他得以实现这个愿望，找到了新工作、爱人和朋友。自己一直生活在极乐之地，直到善良的子孙志辉为了让他摆脱痛苦，停止了支付祭祀费用。

阿强原本以为他在现实世界里，却在最后时刻才发现自己一直生活在死去的世界。而志辉，作为阿强的子孙，以为停止支付祭祀费用是在拯救阿强，却不知道这样的决定让阿强失去了他所珍视的一切。

阿强的意识逐渐消散在虚拟世界中，中枢关闭了他的账号，他终于真正地安息了。然而，此时的阿强并没有感到快乐和解脱。

明日竞速者

一、飞手

后腿受伤的小猫在枝丫上喵喵直叫，毛茸茸的爪子眼见就要抓不住了。树下的孩子们急得团团转，谁都无法够到猫咪的高度。一个胆大的男孩试图爬树，但没爬几步就滑了下来，摔得四脚朝天。女孩们在一旁叫喊着："快救救它！"然而，谁也无能为力。

突然，孩子们都听到了一阵奇怪的"嗡嗡"声。随着声音越来越近，他们看见一架无人机快速飞来。无人机的流线型机身在阳光下闪闪发光，银红相间的金属外壳显得格外耀眼。四个螺旋桨高速旋转，仿佛把风都划破了。

无人机在树冠上空盘旋了一会儿，随后轻盈地降落在小猫旁边。猫咪似乎感受到了救援的到来，紧张地停住了挣扎。无人机的小型机械臂稳稳地将小猫抓住，缓缓将它带回地面。孩子们都屏住了呼吸，直到小猫安全落地，才爆发出一阵欢呼。

"哇！这无人机太厉害了！"一个小男孩兴奋地跳起来。

"是谁在操控它？"女孩们四处张望，试图找到这位神秘的无人机操控者。

几公里外的无人机配件店，乔伊的半张脸被科技感十足的AR（增强现实）眼镜覆盖，这让他看起来既神秘又时尚，像是黑客帝国的主角。通过这种眼镜，乔伊能清晰地看到无人机采集到的3D立体画面，各种飞行参数亦浮现在眼前。如此第一视角的视觉体验，令人感觉简直就像坐在飞机的驾驶舱里。

无人机配件店里，五彩缤纷的零件和工具排列整齐，各种型号的无人机悬挂在墙上，展示着它们的功能和特色。孩子们三三两两地围在工作台前，热火朝天地讨论着改装方案。

乔伊在角落里静静地工作，他戴着AR眼镜，毫不理会店里的热闹，独自沉浸在自己的世界里，专注于手头的工作。

和众多在店里拼装无人机的孩子一样，乔伊正在远距离调试他的飞脑大赛比赛用机——"红丝绒号"。

飞脑大赛是由暴风科技公司举办的全国最大脑控无人机大赛，但乔伊的监护人萨老头，明令禁止任何与课业无关的东西进家门。因此，乔伊只得每天算准老头出门散步的空当，远程控制"红丝绒号"从家里飞出来进行调试，调试完毕再让它穿越好几个街区，从三楼的窗户飞回去。刚才救小猫耽误了好几分钟，乔伊很担心"红丝绒号"会被萨老头发现，那可不是闹着玩的。

过了一会儿，乔伊摘下了 AR 眼镜，换上略显厚重的近视镜，准备离去。

无人机配件店里，乔伊占据的角落总是没有人愿意靠近，他独来独往，从不与人搭话，所以他并没有察觉背后有人叫他。

"等一下，别走，为什么你的改装机能飞得那么快！喂！别走啊！"波特嚷嚷着从改装区跟了出来。

波特碰巧见到了乔伊的航行画面。"红丝绒号"加速度堪比火箭，转弯时能 720 度旋转，看得波特如坐过山车一般，差点吐出了午饭。

飞脑大赛共有 18 道关卡，每个关卡都有形状各异的移动障碍。在高速飞行的情况下，无人机必须足够灵活才能一一通过。而"红丝绒号"正兼顾了"快"与"灵巧"。波特不禁惊奇，改装"红丝绒号"的人，竟然是他的同龄人。

"请告诉我你的名字啊，等等我！"波特高声叫喊，但乔伊仍旧没有回头。

"别叫了，乔伊听不见。"配件店老板指了指自己耳朵，对波特说，"乔伊是听障人士，看得懂唇语，但是你在他背面说话，恐怕不行。"

乔伊和别的孩子不一样，他无法听到声音，但这并不影响他正常上学和生活。

脑波科技的普及，令像乔伊那样有着生理缺陷的孩子们，不再抱有遗憾。人们已经习惯使用脑波交流，无论是语言，还是无法用言语描述的旋律、景象、概念，都能通过先进的科技，直接投射到对方的脑中。

最近几年，脑波除了传递信息，在暴风科技公司为首的领先技术公司带领下，各式各样的脑波控制应用面世了。就如同过去常见的声控设备，脑控设备从电饭煲到悬浮车一应俱全。

本次暴风科技举办的青少年无人机障碍竞速赛——飞脑大赛，也采用了脑控芯片模组。因此飞脑大赛不仅仅是一场技术比拼，更是一场脑力的较量。参赛者需要通过脑波控制无人机，穿越各种复杂的障碍，在极短的时间内做出反应。

波特因老板的话吃了一惊，没想到乔伊竟然是听障人士，他的确从没见乔伊与任何人说过话，以为他只是孤僻。

波特试着用脑波传音和自己的偶像沟通：*"你好，我叫波特，你，你叫什么名字？你的改装机超厉害的！"*（注：脑波传音字体为斜体）

乔伊"听"到了，转身腼腆地一笑：*"你好，我是乔伊。"*

他的随和令波特壮大了胆子：*"我能请教你改装脑控无人机的事吗？"*

*"欢迎。"*乔伊推了推鼻梁上的眼镜，他并不是不爱理人，只是听不见。

"波特，你到底要不要填写报名表？"配件店老板敲着平板电脑，"再有两分钟，飞脑大赛报名要截止了。"

"要，当然要。"

可惜波特不知道，乔伊或许并不能参加比赛。

二、阻碍

临近家门，乔伊遥遥见到三楼的窗户关得死死的，心中一阵惊慌。他急忙加快脚步，心里充满了不安的预感。果然，一打开门，他就见到萨老头拄着拐杖，立在面前。萨老头的脸色阴沉，眉头紧锁，仿佛一座即将喷发的火山。

"乔伊，说了很多次了，我希望你把心思花在学习上，而不是用来摆弄玩具！"萨老头吹胡子瞪眼，就像一头发怒的山羊。

乔伊的目光迅速扫过房间，立刻发现"红丝绒号"躺在地板上，四分五裂，精密零件散落一地。那是乔伊花了好多个晚上才拼装好的，现在却变成了一堆废铁。他的心猛地一沉，仿佛有人狠狠地揪住了他的心脏。

"'红丝绒号'不是玩具，我要用它去参加比赛！"他怒瞪向监护人，又伤心又愤怒。

手中的拐杖被萨老头戳得"咚咚"响："参加比赛？还要我提醒你吗？乔伊，你和别人不一样！你需要的是好好学习，将来找一份稳定的工作，而不是浪费时间在这些玩意儿上！"

萨老头的话刺痛了乔伊，可听障并不是他的过错："不一样又如何，我为什么要和别人一样？那多无聊啊！"

少年倔强地将无人机的残骸捡起，狠狠摔上了房门。

自从父母过世，乔伊就被送来与孤僻的萨老头一起生活。听说老头以前曾是暴风科技的机械师，有过不少令人惊叹的发明创造。但从现在萨老头对待新事物的态度看来，乔伊觉得那只可能是谣传。他根本不知道如何与性格古怪的萨老头相处。萨老头的脸上总是带着一副严厉的表情，仿佛所有的欢乐都被他拒之门外。

望着被摔烂的"红丝绒号"，乔伊只有叹气，他从工具箱里拿出设备开始修理。

时间在乔伊的修理工作中悄然流逝。几天的努力，甚至像是花了好几年，乔伊终于把零件重新固定妥当。他擦了擦额头的汗水，深吸了一口气，准备再次启动无人机。然而，当他按下启动按钮时，突如其来的金属断裂声打破了他的希望。螺旋翼瞬间毁坏，迸裂的零件险些打到他的眼睛。

乔伊愣住了，心中一片空白。"红丝绒号"彻底摔坏了，他不能参加比赛了！

这一刻，他感到仿佛世界都崩塌了。他像是突然失去了目标，变得沮丧无比，仿佛回到了刚刚得知父母过世的那段日子。那时，他同样感到无助和绝望，不愿接受任何人的脑波，也不抬头看唇语。见他如此消沉，萨老头真是恨铁不成钢："我就说你玩物丧志！"他的声音虽然乔伊听不见，但那冰冷的表情和愤怒的态度却深深刺痛了乔伊的心。

过了几天，乔伊的脑中响起好友的脑波传音，是波特。

"嘿，偶像，现在方便出来吗，我这里有几个玩改装机的伙伴。"

乔伊坐在房间里，手中拿着一块破碎的无人机零件。他的"红丝绒号"已经损坏，他不确定自己是否有心情去见朋友。他想要推辞，因为他已经没有可以比赛的无人机了。

"对了，我们队长说，她最崇拜机械师了，无论如何都要见你。"波特的脑波传音中带着一丝急切和期待。

盛情难却，乔伊只得来到约定地点。那里是一片宽敞的公园，阳光透过树叶洒在地上，给人一种温暖的感觉。和波特在一起的是几个差不多大的学生，他们都是与乔伊同一所学校的，只是乔伊平时总是一个人，不愿和任何人交流，他并不认识他们。

"听说你准备参加比赛？"讲话的是一位看上去如娃娃一般精致的女孩，她墨黑的双目没有一丝光泽，就像一双黑洞，"我的眼睛看不到，可是我也很想参加比赛，你可以帮助我们吗？"

正如乔伊"听"得到脑波，脑波科技能让盲人"看"到一切。

乔伊很想帮她但也感到无力："我的'红丝绒号'，我的无人机已经坏了，我没有把握修好它。"

"可是，你不能和你的无人机一起坏掉，'红丝绒号'没有了，我们可以再做一台，不，两台。"丽儿安慰道，"只要你愿意加入我们。乔伊，你是最优秀的改装机械师！"

从没有人肯定乔伊的手艺，无论他捣鼓出什么都被萨老头说得一文不值。乔伊第一次燃起了信心。

"真的吗，你们真的那么认为？"

"当然。"叫鲁克的少年笑道。

很快，乔伊发现了他们惺惺相惜的原因：这些新朋友都带着或多或少的残疾。丽儿看不见，波特的一条腿被脑控义肢代替，而鲁克在一场事故中失去了双手，现在他有一双强力机械手。

他们和乔伊一样，并没有因为自己与别人不同而自卑。

丽儿补充道："我们每个人都有自己的困难，但我们都没有放弃梦想。乔伊，我们需要你加入我们的团队。你愿意吗？"

"我愿意参加。"乔伊的声音带着愉悦的波动。

"好，那我们就叫自己红丝绒战队！"

三、对手

新的"红丝绒号"很快就在几人的通力协作下完成。他们在学校的后操场搭建障碍物，进行闪避训练，高速飞行的酷炫嗡嗡声吸引了不少观众。"红丝绒号"在阳光下闪闪发光，银红相间的机身在空中画出优美的弧线，每一次急转弯和俯冲都准确无误。

大多数同学带着好奇的目光，追随着呼啸而过的无人机。他们围在操场边，惊叹于"红丝绒号"的速度和灵活性。然而，也有人不喜欢他们占着操场。这些学生抱着臂站在一旁，脸上露出不屑的神情。

高年级学生米勒一把推倒训练用的塑料障碍物，那些是鲁克刚搭建起来的。米勒高大健壮，平时在学校里颇有知名度，他的出现让围观的学生们纷纷侧目。

"这也叫竞速无人机？开什么玩笑。"米勒瞥了眼近处的"红丝绒号"，不屑地耻笑。他手里拿着一台由进口材料精心拼装的机体，相比之下，旧零件复用的"红丝绒号"在他眼中就像一个简陋的航模玩具。

红丝绒战队没有人吭声，他们都不喜欢与人争吵。乔伊和队友们默默地看着米勒，他们知道与他争辩毫无意义。米勒变本加厉，冷笑着说道："看看你们破烂的飞机，和你们真像！飞脑大赛可没有残奥会版本。"

米勒周围的人哄笑起来，刺耳的笑声令乔伊愤怒得发颤。

"说什么呢！"波特忍无可忍，眼看就要冲上去。

丽儿一把拉住他，不卑不亢，冷静地对米勒等人说道："赛场上见分晓。"

"好啊。我很期待。"米勒根本不把丽儿放在眼里，他和身边的朋友们大摇大摆地霸占了场地。

无论是监护人还是竞争对手，都不看好红丝绒战队。

乔伊不得不承认他们的确和别人不一样，然而，那又如何呢？无人机需要穿过18道障碍才能抵达终点，人生何尝不是？既然操场不行，那就去广场。红丝绒战队的每一个人，都决心一战到底。

他们把训练设备搬到学校附近的一个小广场，继续练习。这里虽然人来人往，但他们并不在意。在广场上，"红丝绒号"在空中飞舞，灵活地穿梭在障碍之间。乔伊和队友们默契配合，每一次调整和修正都显得自然流畅。路过的行人纷纷驻足观看，有些人甚至拍照录像，把这一幕记录下来。

有一天训练结束后，乔伊坐在长椅上，望着远处的夕阳。他的心中充满了复杂的情感，既有对比赛的期待，也有对未来的担忧。丽儿走过来，坐在他旁边，用脑波传音安慰他："*乔伊，不要担心，我们一定能赢。*"

四、大赛

终于，飞脑大赛拉开了帷幕。

红丝绒战队被安排在第五组，与他们同场竞技的还有米勒的无人机。

现场的激烈程度，远超过乔伊的预计。几乎一半的无人机都撞毁在距离起点不足100米的地方。障碍赛道两侧堆满了残骸，就像一座座无人机的坟墓。

"看，是那里！"鲁克指着上空。

头顶数架无人机翻滚着，高速穿越障碍赛道，险象环生。仿佛有一只只手自虚无中伸出，要阻拦它们的前进。

在艰难通过钟摆阻碍后，无人机急速爬升至高塔顶端的 S 弯道，恐怖的角度令机体不可避免地向外偏离。

及时修正航线可以重回赛道，但这个关卡远比单独训练时更难通过。

无人机一窝蜂地被离心力推到赛道边的玻璃罩上，互相碰撞，互相挤压，在内道的想逃出来，在外道的则阻拦。S 弯道成了一个死亡瓶颈，金属机身发出刺耳的声响，仿佛是在呻吟，它们崩坏了，纷纷掉落一地。只有少数几架侥幸逃过。

观察许久，乔伊明白了：令无人机坠落的并不是 S 弯道，而是所有无人机一样的速度和高度。

他向队友提出建议："我们得把无人机的脑波接收器拆了，摄像头也拆了，减轻重量飞得更高一些。"

"会降低速度！"

"会让无人机变成瞎子或聋子！"

少年们看向能拿主意的丽儿，她想了一会儿，点了点头："总比坠机好。"

距离第五场比赛开始只有几分钟，能临时改装无人机的只有乔伊。他飞快地打开机盖，却在伙伴们满怀期待的目光中停下了。

"糟糕，我没有带内核螺丝刀！"乔伊没有想过会在现场将无人机的核心脑控装置摘下。

啊！那怎么办？乔伊的心跳加速，手指不自觉地颤抖起来。他感到一阵无力，仿佛所有的希望都在这一刻破灭。他的眼神焦急地扫视四周，希望能找到解决办法。

"咦，你们把自己的无人机解剖了？"米勒凑过来嘲笑，"现在放弃还不算丢人。"

就在这时，乔伊的眼前出现了一只满是老茧的手，掌心躺着的正是他急需的内核螺丝刀，犹如雪中送炭。

"一个好的工程师，从来不会忘记他的工具。" 萨老头的声音洪亮而刻薄，他板着脸看着乔伊，一副瞧不起他的样子。

"谢谢。"乔伊从他手中接过螺丝刀。

萨老头摸了摸鼻子，冷哼一声算是回答。他装作不感兴趣地绕到了工作台的另一边，又偷偷摸摸地挤在人群后面，观察乔伊的改装工作。

在乔伊灵巧的手中，螺丝刀就像是有了生命一般。萨老头看得目不转睛，兴奋地朝身边陌生人说道："看，那是我的孙子！超级棒是不是！"

几分钟后，第五场的比赛开始，数十架无人机便一齐冲进了赛道。

它们你争我抢，谁也不让谁，唯恐落于人后。这样的竞争一直持续到高塔的顶端，S 弯道的离心力瞬间让处于同一加速度中的无人机相互摩擦碰撞。他们的操纵者像是看不到一般，还在拼命提速。

赛道内擦出了火星，"轰"的一下，有什么被点着了。乔伊的瞳孔一缩，迅速扫描着赛道，找寻火源。

是米勒的无人机！

他的无人机配件精良，却改装不当，一阵撞击后保护电池的外壳脱落，一点点火星就会让它燃烧起来。

米勒的无人机变成了一团火球。其他参赛选手想要避开，已经来不及，更多的无人机就像飞蛾那般，一整群扑向熊熊燃烧的机体。火势很快蔓延到其他无人机上，弯道内乱作一团。

突然，火光中一架银红相间的机体冲了出来。摘掉脑控设备的"红丝绒号"，速度比竞争对手慢上许多，甚至飞起来摇摇晃晃，但它顺利地通过了死亡 S 弯道，以轻盈的姿态掠过所有人的面前，慢慢悠悠，抵达了终点。

"怎……怎么可能是'红丝绒号'！"米勒愤愤地将 AR 眼镜摔到了地上，他无法相信自己竟被乔伊击败。看着"红丝绒号"平稳地降落，米勒的脸上充满了不甘和愤怒。

在他懊恼之时，红丝绒的队员们欢呼不已，他们的策略奏效了！

"太厉害了乔伊，你是怎么想到的？"波特大力拍打着乔伊的肩头。

乔伊扶正差点掉落的近视眼镜："如果和大家的步伐完全一样，看到的风景并无不同，那样多无聊啊。"

正是因为与众不同，红丝绒战队才赢得了比赛。也正是因为相同的理想，乔伊才能与红丝绒战队的其他人相遇。

萨老头混在人群里，努力不让乔伊发现自己，他激动得就像自己得了冠军，嘴角控制不住地上扬。他偷偷朝丽儿脑波传音："谢谢你丽儿，谢谢你和我的孙子组队，如果不是你们，他可能会一直消沉下去。他是一个孤僻古怪的小子，我根本不知道如何和他相处。"

想起萨爷爷前些日子找到她，求她帮忙开解乔伊的样子，丽儿不禁笑出了声，她好心相劝："如果您告诉乔伊，'红丝绒号'是因为被猫抓坏了接收器失控从三楼掉下去，而不是被您摔坏的，或许乔伊会更容易相处些。"

"那样多无聊啊。"孤僻古怪的萨老头耸了耸肩。